T0267227

antes de
que caiga
el telón

antes de que caiga el telón

Gema Cantos

Plataforma
Editorial

Primera edición en esta colección: mayo de 2023

© Gema Cantos, 2023

© de la presente edición: Plataforma Editorial, 2023
Plataforma Editorial
c/ Muntaner, 269, entlo. 1.ª – 08021 Barcelona
Tel.: (+34) 93 494 79 99
www.plataformaeditorial.com
info@plataformaeditorial.com

Depósito legal: B 8142-2023
ISBN: 978-84-19655-44-8
IBIC: YF

Printed in Spain – Impreso en España

Diseño e ilustración de cubierta:
Marina Abad Bartolomé

Adaptación de cubierta y fotocomposición:
Grafime Digital S. L.

El papel que se ha utilizado para imprimir este libro proviene
de explotaciones forestales controladas, donde se respetan
los valores ecológicos y sociales y el desarrollo sostenible del bosque.

Impresión:
Sagrafic

Para todas aquellas personas que, como yo,
quisieron brillar sobre un escenario, haciendo reír,
llorar y temblar a quienes las vieran.

«Hay en mí una obstinación que me impide
doblegarme ante la voluntad de los demás.
Mi valor aumenta cuando tratan de intimidarme.»

Orgullo y prejuicio, Jane Austen

PRIMER ACTO

Capítulo 1
Principios de junio

La gente suele sorprenderse cuando le digo que no tengo ninguna intención de dar el salto a la gran pantalla, porque casi nadie entiende la diferencia que hay entre ser actriz de cine o de teatro. En el cine, si una escena sale mal, se puede repetir. Pero en el teatro no. Cuando te subes al escenario, lo haces sabiendo que solo tendrás una oportunidad de hacerlo bien.

Algo así como la vida. Una y no más.

No me cansaré de decirlo: la lista de pros es interminable. Por ejemplo, el público no se queda embobado frente a una grabación durante horas, ni puede coger un mando y presionar «pausa» para enrollarse con su novia, ni puede comentar todo lo que está pasando con el de al lado. ¡Ah! Y lo mejor de todo es que, al contrario que los de una película o serie, los actores de teatro pueden decidir quedarse quietos como estatuas y juzgar al idiota que ha decidido ignorar el aviso de silenciar los móviles.

Me encanta hacer eso.

Bueno, me encantó la única vez que pude hacerlo.

La verdad es que no sé por qué estoy hablando como si mi próxima actuación fuera a ser en Broadway o incluso en la Gran Vía de Madrid, junto al musical de *El Rey León* (ojalá saber cantar para participar en algún musical), porque solo he conseguido papeles en obras pequeñas y en lugares pequeños y, además, apartados del centro, donde el público se componía tan solo de familiares y amigos de los actores.

No quiero que se me malinterprete: me encanta actuar, y lo haría en medio de un parque o de un centro comercial. Pero, ya que voy a hacerlo, me gustaría que fuera en un sitio que nos diera la oportunidad de que la gente supiera que está pasando frente a un teatro, ya que, quizá así, se interesaría por nuestra propuesta. Me gustaría que los carteles de promoción de la obra dejaran de encontrarse en el corcho de novedades de un colegio para estarlo en alguna fachada de una calle concurrida.

Por eso la audición de hoy es tan importante.

En vista de que la época victoriana está tan de moda, a un director se le ha ocurrido trabajar con una adaptación de *Orgullo y prejuicio*. Me hace bastante gracia, Jane Austen murió unos veinte años antes de que este periodo empezara. Supongo que, si me cogen para el papel de Elizabeth, se lo comentaré. Por todo eso de no hacer el ridículo antes del estreno con la publicidad y tal.

Aunque, para ridículo, el que voy haciendo por las calles de Madrid: como en el anuncio del *casting* que encontré en soloactores.com el director explicaba que su intención es que todo sea lo más fiel y real posible, se me ha ocurrido la brillante idea de alterar mi apariencia. ¿Y cómo lo he conseguido? Bien, pues me he puesto una peluca de Valeria, mi mejor amiga, me he quitado los *piercings* que llevo en las orejas y en el labio inferior y he tapado con maquillaje los tatuajes que llevo en los brazos.

Y no, no me siento ridícula por ir disfrazada, porque es algo que tengo que hacer en este trabajo y que me encanta. Me siento así porque finjo que soy otra persona fuera del escenario, y también porque me costó demasiado dinero y tiempo con mi psicóloga aprender a estar a gusto con mi aspecto.

Aun así, este no es mi mayor problema ahora mismo.

Porque, por mucho que lo odie, llego tarde.

Subo las escaleras del metro corriendo y estas me escupen en una de las calles de La Latina; está formada por edificios anaranjados, cortados ahora por la luz del mediodía, que también hace brillar la madera antigua de sus ventanas. La verdad es que, si pudiera permitírmelo, me mudaría aquí sin pensármelo dos veces.

Como soy una negada para la orientación, saco mi móvil del bolso, abro Google Maps y le pido que sea mi estrella de Belén hacia el portal del teatro. Tardo algo más de diez minutos en llegar y, cuando lo hago, me encuentro con una enorme fila de gente agrupada en parejas.

Extraño.

¿Todo el mundo ha venido acompañado? No lo sé. Supongo que siempre viene bien tener a alguien que te anime desde las butacas; de hecho, yo lo habría tenido si Valeria no estuviera demasiado ocupada haciendo su trigésimo cuarto maratón de *Crónicas vampíricas*; pero... ¿todos menos yo?

Me acerco a ellos y me coloco al final de la fila. Tengo el estómago hecho una bola de nudos, porque no solo estoy esperando que me den el papel, sino también que no se me caiga la peluca o arrojen un cubo de agua desde un balcón, lo que echaría a perder todo el trabajo de maquillaje. Algo que, por cierto, iría muy en mi línea de desgracia con patas.

—¿Qué tal?, ¿nerviosa? —me pregunta la chica de delante. Lleva gafas y se parece a Anne Hathaway, con su sonrisa perfecta y todo, solo que su figura es mucho más pronunciada.

—Ehm... Sí —respondo, aún más alterada. Por poco que sepa actuar, el papel es suyo.

Bajo la atenta mirada del chico que tiene a su lado, hace una pausa para rebuscar en su bolso verde pistacho y saca un pintalabios líquido de color rosa apagado.

—Toma —me ofrece, y con la mano que le queda libre se señala el labio—. Se te nota el agujero del *piercing*. Creo que puede ayudarte. —Pestañeo varias veces, confusa. Ella sonríe, toma mi mano y me obliga a cogerlo—. Yo también me he quitado los míos —dice mientras se retira el pelo detrás de la oreja y me muestra todos los agujeros que tiene.

—Puedes decirle que no —comenta el chico con un tono divertido, colándose en la conversación—. A Lisa no le entra en la cabeza que a la gente le den asco los gérmenes y eso.

Lisa le saca la lengua.

—Cállate, idiota —le dice.

Me río de manera incómoda y le agradezco la oferta. Luego, saco mi móvil de nuevo, pongo la cámara interior y la uso como espejo.

—¿Y tu pareja? ¿También llega tarde? —pregunta Lisa mientras echa un vistazo a nuestro alrededor.

Me detengo en mitad del proceso, con medio labio teñido de rosa.

—¿Pareja?

Ellos se dedican una mirada que no sé descifrar.

—Sí. En el documento que venía adjunto en el *e-mail* que nos enviaron explicaba que, si nos presentábamos para el papel de alguna de las parejas, teníamos que hacerlo con la nuestra. Ya sabes, por eso del rollo de que tiene que ser lo más real posible.

Oh, claro.

El documento.

Ese documento de diez páginas de las cuales solo leí tres porque me desesperé con tantas citas de dramaturgos famosos y alabanzas al «teatro de verdad».

—Estará al caer —miento sin pensar. Las palabras se me han resbalado de la lengua, aunque, con lo que han dolido, casi parecían rodeadas de espinas.

—Pues dile que se dé prisa —apunta el chico.

—Sí, claro —aseguro mientras termino de pintarme los labios con una sola pasada. Después le devuelvo el tubo a Lisa y me excuso para alejarme un poco y así hacer una llamada.

Esto es perfecto. Justo lo que necesitaba, vamos. Que el pirado del director siga añadiendo restricciones de las cuales no cumplo ni una. ¿Qué va a ser lo siguiente? ¿Subir caballos de verdad al escenario para que tiren de los carruajes? ¿O que a Mr. Darcy lo interprete Colin Firth?

Bueno, la verdad es que no me opondría a esta última.

Abro mi lista de contactos y la reviso de arriba abajo buscando a cualquier chico dispuesto a venir corriendo hasta La Latina para salvarme. Obviamente, no hay ni uno. Estoy segura de que si fuera Elena de *Crónicas vampíricas* cualquiera de los hermanos Salvatore estaría aquí en un abrir y cerrar de ojos, peleándose por ser mi Mr. Darcy.

Suspiro. Entre mis primos, compañeros de la universidad con los que, con suerte, he hablado una vez y demás familiares, la única opción que me queda es Álex.

Cierro los ojos, pulso el botón de llamada y espero hasta que responde.

—¿Gala? —pregunta, extrañado. La verdad es que yo también lo estaría si él me llamase después de cuatro meses sin dirigirnos la palabra.

Álex es mi ex, el mismo que me dejó para enrollarse con Celia sin remordimientos (hecho que, aunque agradeciese, hizo que nuestro grupo de tres amigas pasara a ser uno de dos). Aun así, tengo que dejar mi orgullo de lado, porque esto podría significar el inicio de mi carrera: una real y seria. Y Álex, por muy imbécil que haya sido, también es actor.

—¿Dónde estás? —pregunto, agobiada.

—¿Por qué? Ah, ya. Te ha llamado mi madre diciendo que está muy preocupada. Dios, de verdad que no sé qué hacer para que te deje en paz. No le entra en la cabeza que ya no estamos juntos.

La verdad es que su madre y yo intercambiamos algunos wasaps de vez en cuando, pero eso no es un problema. Míriam es una mujer maravillosa.

—No. No ha sido tu madre. Escucha —digo con urgencia mientras camino de un lado a otro de la calle y esquivo a todo el que pasa por ahí—, ¿en cuánto tiempo podrías estar en el Teatro Shelley de La Latina?

—¿Cómo?

—Álex, de verdad, no te recordaba tan espeso.

—A ver, Gala, que entiendo lo que estás diciendo, pero no el porqué —se queja él.

—Ah, vale. Pues… —me aclaro la garganta—, el caso es que estoy en un *casting* para una obra y no me acordaba de que el director pidió que los protagonistas y los secundarios fueran parejas reales.

Álex deja escapar una risita burlona.

—¿No te acordabas o no lo sabías?

Pongo los ojos en blanco. Cómo odio que me conozca tan bien.

—Eso da igual —aseguro mientras trato de preservar un orgullo que hace mucho perdí con él—. El caso es que necesito que vengas y te hagas pasar por mi novio. —Él se queda en silencio—. Por favor.

Él chasquea la lengua.

—¿Y por qué haría eso?

—Porque me lo debes, Álex.

Aunque no lo vea, puedo imaginarme cómo acaba de fruncir el ceño.

—¿Ah, sí? ¿Desde cuándo?

—Desde que me dejaste, porque no solo me quedé destrozada —explico, y es cierto. El día que rompió conmigo, me pasé horas y horas empachándome de gominolas veganas y con el álbum de *Sour* de Olivia Rodrigo de fondo, porque pensaba que Álex era el amor de mi vida. Creía que el amor era compartir gustos y aficiones y no estar incómoda con él.

17

Y también creía que el amor suponía tratar de sorprenderlo cada día, aunque él no se molestase en hacerlo conmigo—, sino que también conseguiste reducir mi lista de amigas. Y mi lista es diminuta.

—Más pequeña que un pósit —se ríe, aunque no me molesta. Es algo que tengo asumido, y él lo sabe.

—Álex —digo con tono de súplica.

—Está bien, está bien —asegura, y comienzo a dar saltitos. Lisa y su novio me miran extrañados y trato de arreglar la situación saludándolos efusivamente con un movimiento de la mano—. Estoy por Sol, así que no tardaré mucho.

—Gracias, gracias, gracias.

—Ah, y que sepas que el numerito de *drama queen* no ha colado. Eres tú la que me debe algo ahora.

Dicho esto, corta la llamada.

Capítulo 2

Álex aparece cuando solo quedan tres parejas en la fila. Por lo que he entendido, nos llaman de una en una para que ninguna copie a la anterior; porque, de nuevo, todo tiene que ser real. Todo debe salir del alma, como si ningún actor hubiera estudiado para ello o no nos hubiéramos fijado en otras técnicas para perfeccionar las nuestras.

—Espero que tengas mi parte —dice como saludo. Al acercarse, aproxima su rostro al mío, como si fuera a besarme, pero no lo hace. En cambio, me mira con una mezcla de confusión y asco—. Espera… ¿Llevas puesta una peluca? ¿En serio? ¿Para un *casting*?

A pesar de que ha pasado casi medio año, apenas ha cambiado. Sigue llevando el pelo revuelto y esa camisa verde que tanto le gusta y que va a juego con sus ojos, y que, como siempre, está arrugada. Sin embargo, al mirarlo, tengo que levantar la cabeza y me pregunto si es posible que siga creciendo con veinticinco años.

—Shhh… —le mando callar—. Era necesario —murmuro.

—Lo que digas —se encoge de hombros—. Entonces, ¿tienes el guion?

—Sí, sí —respondo, algo hastiada, mientras rebusco en mi bolso; pero, aparte de varios *tickets* de compra arrugados, horquillas y demás accesorios, no hay nada. Mierda—. Eh…

Álex echa la cabeza hacia atrás.

—Dime que no me has hecho venir hasta aquí para nada.

—¡Te juro que lo guardé aquí esta mañana! —me excuso mientras continúo con la infructuosa búsqueda.

—Es obvio que no lo has hecho, o estaría ahí —dice mientras señala el bolso con la mano.

El novio de Lisa vuelve a hacerse un hueco en la conversación.

—Podemos dejaros uno. Hicimos una copia extra por si acaso.

Álex suspira, aliviado, y cierra los ojos.

—Gracias, tío —contesta, y le ofrece la mano para que este se la estreche—. Y perdona, Gala es un desastre.

—De nada —dice sonriente mientras le da la copia y, aparentemente, ignora el segundo comentario.

Debo de haber roto varios espejos y pasado por debajo de alguna escalera, porque acabo de presenciar una perfecta unión entre machos que se creen con la necesidad de justificar la personalidad de la chica con la que están (o, en mi caso, con la que fingen estar) a otro hombre. No sé cuántas veces he escuchado a un chico decirle a otro entre risas: «Perdónala, tío, es que su estómago no tiene fin» cuando la chica ha comido casi la misma cantidad de comida que ellos, o «Es que tiene mal genio» cuando este ha hecho algo que *claramente* iba a enfadarla.

Cada vez me alegro más de que Álex me dejara.

—Lisa y Sergio —los llama un hombre que ha abierto la puerta lo justo para hacerse oír—. Os toca.

—¡Nos vemos luego! —se despide de forma entusiasta Lisa, que sostiene con fuerza su guion—. Suerte —añade, y, por su expresión y su tono, noto que es sincera.

La envidio y admiro a partes iguales.

—Igualmente —respondo—. Y gracias por todo.

Agradezco dedicar el poco tiempo que tenemos libre a ensayar, porque la verdad es que no me habría gustado nada tener que escucharlo hablar sobre lo bien que les va a él y a Celia. Afortunadamente para mi yo actual, Álex es mucho mejor actor que novio, y su madre lo obligó a ver con ella la película de *Orgullo y prejuicio* de 2005 hace algo más de un año. Dios, cómo adoro a Míriam.

Cuando nos disponemos a hacer la cuarta lectura de la escena, escuchamos la puerta del teatro abrirse.

—¿Gala? —El muchacho, por primera vez, se asoma a la calle—. Ehm... ¿Y esto? Solo aparece tu nombre.

—Sí. Es que... se me olvidó pasaros el suyo. Es Álex —añado, y me sorprende la cantidad de mentiras que he dicho en menos de una hora, a pesar de que se me da horrible hacerlo.

Apunta la nueva información en una hoja enganchada en una tablilla de madera.

—Perfecto —responde—. Pues podéis pasar ya.

Ambos asentimos y lo seguimos. Primero, cruzamos el vestíbulo del teatro, que, más que una entrada, es una especie de bar de tapeo para amenizar la espera de los espectadores, y luego, después de pasar el atril donde se comprueban las entradas, llegamos a un minúsculo pasillo con una puerta a nuestra izquierda y unas escaleras que van hacia abajo.

El chico elige la puerta que da directamente a una acogedora sala con unos cuarenta asientos y un escenario que grita mi nombre. En la primera fila hay sentados un hombre y una mujer de algo más de treinta años y, en el resto, los demás actores. Reconozco a Lisa en la tercera y la saludo con una sonrisa.

—Gala y Álex para Elizabeth y Mr. Darcy —anuncia el muchacho antes de abandonarnos a nuestra suerte.

—Adelante, por favor —dice el hombre, que nos invita a subir al escenario—. Soy el director, Nicolás, y ella es mi ayudante, Raquel —añade, presentando a la mujer a su lado.

Nicolás tiene el rostro redondo y con un aire aniñado y, si no fuera por su enorme barba, no me cabe duda de que aparentaría la mitad de su edad. Raquel, en cambio, tiene toda la pinta de que podría ser una abogada de prestigio en los Estados Unidos: va vestida con un traje celeste y lleva un maquillaje sencillo y correcto.

Una vez subidos en el escenario, Álex y yo nos colocamos el uno frente al otro, esperando dirección.

—Página veinticuatro, la línea que empieza por «La interrupción del señor Williams...».

Ambos pasamos las páginas como locos hasta llegar a la correcta, que examinamos hasta encontrar la línea señalada.

—Cuando queráis —añade Nicolás con un tono neutro.

Álex se sacude el cuerpo y las manos para deshacerse de todos los nervios mientras yo me quedo plantada en el sitio. La verdad es que esta parte ha estado siempre al final de mi lista de cosas favoritas del teatro, porque no he conseguido asimilar que nadie va a reírse de mí por ello. Recuerdo que en mi antiguo grupo de teatro la directora nos animaba a encontrar nuestra particular manera de relajarnos antes de actuar: un chico decidió que la suya sería inflar y desinflar varias veces los mofletes y una mujer de mediana edad, recitar en alto el alfabeto al revés. Por mi parte, yo sonreía de manera incómoda y repetía una y otra vez que eso no me hacía falta.

De repente, Álex se convierte en una persona diferente. Endereza su espalda, su expresión se relaja y se acerca hacia mí con un paso seguro.

—La interrupción del señor Williams ha hecho que se me olvide de lo que estábamos hablando —dice él, algo distraído.

Mi turno.

Levanto levemente la barbilla, entreabro los labios y finjo cierta actitud altanera.

—En mi opinión, no estábamos hablando. Lo hemos intentado, sí, con dos o tres temas diferentes, pero sin éxito alguno. Y el siguiente que vayamos a abordar... creo que no puedo imaginarlo.

Álex inclina la cabeza hacia un lado y clava sus ojos azules en los míos. Siento que un escalofrío me recorre los brazos, porque no me miró así ni cuando estábamos juntos. ¿Estará imaginándose a Celia delante de él en vez de a mí? Segura-

23

mente. Como le está yendo realmente bien, hago lo mismo y me imagino a otro en su lugar. Así que ahora, en vez del idiota de mi ex, es… es… no lo sé. Leonardo DiCaprio de joven. En concreto, el de la película de *Romeo + Julieta*.

—¿Qué piensa de los libros? —pregunta, con las manos a la espalda.

Agacho la mirada durante un segundo y luego vuelvo a enfrentarme a él.

—Libros. —Dejo escapar una sonrisilla—. Oh, no. Estoy segura de que no coincidimos en ninguna de nuestras lecturas o, si lo hacemos, no leemos con el mismo sentimiento. —Hago una pausa, tal como indica el guion—. Recuerdo haberle escuchado decir, Mr. Darcy, que usted raramente perdona, que su resentimiento, una vez creado, es implacable. Supongo entonces que es usted cauteloso en cuanto a su creación.

—Lo soy —dice sin dudarlo.

—¿Y nunca se permite que el prejuicio le ciegue?

—Espero que no.

Abro la boca para decir mi siguiente línea, pero el director nos corta.

—Suficiente —se limita a decir, y da por terminada nuestra escena.

Esto no puede ser bueno. Las pocas veces que he visto a un director cortar una escena tan pronto ha sido en dos casos: cuando los actores lo están haciendo peor que un *youtuber* o un cantante adolescente metido con calzador en una película o cuando ha descubierto a la próxima Penélope Cruz. Y, creedme, lo segundo pasa poco. Muy poco.

Estamos jodidos.

A continuación, se acerca al escenario y se sube a él.

—Gracias a todos por venir. Mi ayudante y yo deliberaremos durante el día de hoy y recibiréis una respuesta esta noche o mañana por la mañana como tarde.

Sin perder ni un segundo, la gente empieza a levantarse y a romper el silencio que se había adueñado de la sala después de nuestra interpretación. Álex me mira y me hace un gesto con la cabeza para que bajemos del escenario.

Ya en el vestíbulo, veo a algunas parejas saliendo por la puerta principal, aunque la mayoría están desperdigadas por la barra y las pocas mesas que hay, tomando algo. Como es normal en la gente del teatro, la mayoría son extrovertidos con ganas de compartir anécdotas con una buena jarra de cerveza al lado. Yo, en cambio...

—Enhorabuena por vuestra actuación —dice una voz femenina que no reconozco.

Sorprendida, me giro a la derecha y me encuentro con, probablemente, una de las chicas más guapas que haya visto en mi vida. Tiene una piel clara y perfecta, unas cejas y unos ojos castaños bellamente perfilados, una nariz llena de pecas y unos labios carnosos, teñidos de un tenue rojo. Su pelo, sujeto por una cinta *beige*, me recuerda al de Bella de *La Bella y la Bestia* y no puedo evitar pensar que, si sabe cantar, Emma Watson no tiene nada que hacer contra ella.

—Gracias —respondo nerviosa y creyendo haberme adelantado a Álex, pero él está demasiado ocupado saludando a un conocido—. Aunque es más que obvio que estamos fuera.

La verdad es que todo ha sucedido demasiado rápido; ni siquiera me ha dado tiempo a asimilar que el *casting* ha terminado. Bueno, ni a pensar en cómo lo he hecho sobre el escenario. Mi sensación ha sido… ¿buena, supongo? Es difícil saberlo, porque no puedo verme. Lo único que tengo es mi memoria, y es horriblemente subjetiva. Argh. Solo puedo preguntarle a Álex y, como él sabe perfectamente que lo ha hecho genial, eso me deja a mí como única culpable de nuestro fracaso.

—¿Qué dices? —replica ella, que se ríe como una princesa. Entre Anne Hathaway y esta chica estoy bien fastidiada—. Eso no lo sabes. Además, no nos has visto a los demás.

—Sí, esa es otra. Vosotros me habéis visto, pero yo a vosotros no —respondo, pero me arrepiento al instante. No sé si ha quedado demasiado brusco.

Antes de que pueda contestarme, un chico se acerca a ella y le rodea la cintura con el brazo. Al verlo, me pregunto si me he presentado a un *casting* de modelos sin saberlo, porque no puedo dejar de mirarlo. Su pelo cae en cascada hasta sus hombros en forma de rizos negros y sus ojos verdes me recuerdan al color de los helechos. Viste una camisa gris y pantalones negros, que resaltan perfectamente su piel de un tono ocre cálido.

—¿Vamos? —le pregunta a ella, y me ignora como si no fuera más que una mota de pelusa.

Ella asiente.

—Espero veros de nuevo —se despide la chica antes de darse la vuelta con él.

—Y yo… —respondo, pero las palabras se pierden entre el resto de las voces.

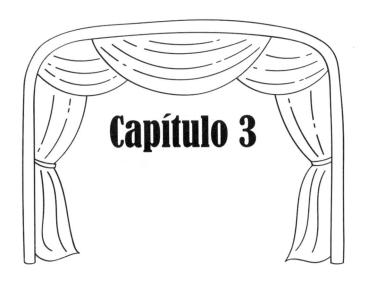

Capítulo 3

Cuando Terrence Mann, un actor americano, dijo: «Movies will make you famous; television will make you rich; but theatre will make you good»,* claramente no estaba pensando en personas como yo, capaces de destruir cualquier posibilidad de un papel protagonista en menos de un minuto.

Saludo a la hermana de Valeria y arrastro los pies hasta su habitación, marcada por un cartel de colmillos de plástico con un líquido rojo en su interior.

—Has llegado pronto —dice mientras se echa una palomita a la boca.

Como muchos de los días que la visito, la encuentro con los ojos clavados en la pantalla de televisión, que es, literalmente, la única fuente de luz en toda la habitación.

---

* «Las películas te harán famoso, la televisión te hará rico, pero el teatro te hará bueno.»

—Porque la he cagado —respondo, y me dejo caer de cara sobre la cama.

Noto que me da algunas palmaditas en la cabeza como consuelo y giro el rostro hacia ella. Ni siquiera me está mirando, la muy…

—¿No te parece subliminalmente racista que todas las brujas que salen en *Crónicas vampíricas* sean negras? Al menos, las tres primeras temporadas. —Me quedo callada, porque no me toca a mí responder. Bueno, y porque quiere hacerlo ella—. Dicen que las brujas están más conectadas a la naturaleza y, por supuesto, todos sabemos que los negros, al no pertenecer a la civilización, encajamos ahí —añade en tono irónico—. Perdón: todas no son negras. Por supuesto, la bruja original es blanca.

Sus ojos oscuros reflejan el brillo de la pantalla y su piel morena se tiñe de una tonalidad entre grisácea y azulada.

—Si te das cuenta de cosas como esa, ¿por qué la sigues viendo? —pregunto, siguiendo con el tema.

—Porque es mierda. Pero es mierda de la buena. Además —le da a la pausa con el mando y me mira por fin—, se ríen de *Crepúsculo*.

—Te encanta *Crepúsculo*.

—Y. también reírme de lo malo que es —responde—. En fin, ¿qué decías de haberla cagado?

Si algo he aprendido de mis años de amistad con Valeria, es que primero van los vampiros y después todo lo demás. Al principio me pareció raro que una chica de veinte años (porque nos conocimos en nuestros respectivos Erasmus, que coincidieron en la misma ciudad de Inglaterra) estuviera tan obsesionada con ellos, y, cuando digo *obsesionada*, lo digo en el sentido literal de la palabra. Se queja de cada una de las protagonistas de series o películas de vampiros que se asustan al ver a uno, porque ella defiende que lo primero que haría sería ponerse de rodillas y rogarle que la transformara. Todo esto, además, explica que su tesis doctoral vaya sobre la representación del vampiro en el folclore y que esté registrada en todos y cada unos de los foros de *vampilievers* (que es como se autodenominan los que creen en su existencia), esperando a que, mágicamente, uno la contacte a través de ellos.

—El director nos ha cortado la escena cuando llevábamos apenas cuatro frases —explico, y hundo la cara en un cojín para ahogar un grito.

Ella aspira aire entre los dientes.

—Uh, eso debe de haber dolido. ¿Tan mal lo has hecho? —Hace una pausa—. Espera, ¿has dicho «nos»? ¿Te han puesto con un desconocido?

—Ehm… —contesto, aún sobre el cojín.

Valeria me coge la cara y la gira hacia ella.

—Gala Reyes —dice con un tono solemne, como si fuera un juez y yo el delincuente—, ¿qué ha pasado? O, mejor dicho: ¿qué has hecho?

Me revuelvo en el sitio y me incorporo.

—¿Cómo sabes que he hecho algo malo? Solo he dicho «ehm».

—Porque tienes la misma mirada de culpable que cuando elegiste tú mi cita por Tinder y resultó ser un completo idiota.

Lo de que era un completo idiota es un eufemismo. La verdad es que no sé cómo describir a ese tipo de tíos que

29

se creen superiores a otras mujeres solo porque estas crean en algo que ellos no. Por mi parte, no creo en nada más que en la superioridad de los animales sobre los seres humanos (aunque ese es un tema aparte) y, aun así, sé que Valeria es mil veces más inteligente que yo. Y, en vez de sentirme inferior e indefensa, lo aprovecho para que me hable de todo lo que sabe y presumir de ella. ¿Sabéis lo bien que viene tener siempre a mano la frase «¿A que no sabías que en Europa la gente desenterraba los cadáveres de las personas que creían que eran vampiros?» para romper el hielo?

—Pues resulta que el director es un obseso de lo *real*, por lo que teníamos que presentarnos con nuestra pareja real para el *casting*, y, como esto lo decía en algún lugar de un documento de diez páginas, pues no lo había leído. Así que ahí estaba yo, en una fila larguísima detrás de una chica monísima, por cierto, y tenía que encontrar una solución. Y la única que se me ocurrió fue Álex —respondo sin hacer una sola pausa, para que, con suerte, a Valeria se le olvide lo que acabo de decir.

Ella pestañea varias veces, casi acariciando la piel bajo sus párpados inferiores con la extensión de pestañas que se puso hace un par de semanas, y me mira boquiabierta.

—Pero ¿acaso no has aprendido nada de los consejos de las chicas borrachas en los baños de discotecas? Nunca. Llames. A. Tu. Ex —me regaña, y luego me da un golpe en el hombro.

—Ay —me quejo mientras me froto el lugar donde me ha dado—. Era un mal necesario, ¿vale?

Valeria me cuestiona con la mirada.

—¿Lo era?

—Pues sí —respondo agarrando el cojín y colocándolo en mi estómago para abrazarlo—. Pero da igual, porque no nos van a coger.

—Mejor. Así no tienes que verlo —dice, y se apoya en la pared, aunque su moño de trenzas lo hace mucho antes que ella—. ¿Y qué ha dicho Celia? ¿Le parece bien que su novio y su examiga, conocida por ser la anterior novia, finjan ser una de las parejas de enamorados más famosas de la literatura?

Me quedo en silencio durante unos segundos, mirando la pantalla de la televisión, en pausa. Celia. He estado tan nerviosa que ni siquiera he pensado en cómo se sentirá y... ¿Qué? ¿Por qué me siento mal por no haber pensado en ella? ¿Acaso ella lo hizo cuando estuvo hablando con mi novio durante un mes a mis espaldas? ¿Cómo de estúpida puedo llegar a ser?

—Eso es problema de Álex —contesto mientras estrujo el cojín—. Celia ya no me importa.

—Ya, claro —dice, y por su tono es obvio que no me cree—. En fin, yo creo que no te han cogido por mentirosa.

—¿Eh? —pregunto, confusa, aunque quizá tenga razón. Supongo que es mucho más complicado fingir que sigues queriendo a alguien cuando ya no lo haces a fingirlo con un extraño al que no has querido nunca.

—Se te sale el pelo por detrás, Gala.

Vale, esa no me la esperaba.

Me llevo una mano a la cabeza y noto que aún sigo con la peluca. Es fascinante la cantidad de cosas que nuestro cerebro nos hace ignorar cuando tenemos otras de las que preocuparnos. Con un leve tirón, me la quito y siento como si mi cuero cabelludo tomara una bocanada de aire puro.

—¿Por qué no me has dicho nada cuando me has visto? —le pregunto mientras dejo la peluca a un lado. Me froto la cabeza para tratar de peinarme un poco, pero es una misión casi imposible. Supongo que, si mi pelo ha decidido que quiere convertirse en un nido para pájaros de color lila, yo no soy nadie para impedírselo.

—Tú no me dices nada cuando me cambio el peinado —argumenta, y coge otra palomita y la lanza a su boca como si fuera una catapulta.

—Te lo cambias cada dos o tres semanas.

—¿Y?

—Está bien, está bien. —Cojo una gran bocanada de aire—. Tienes razón. Lo siento.

Valeria me sonríe y se lanza sobre mí para envolverme en un abrazo.

—¿Te quedas a ver *Crónicas vampíricas* conmigo?

Le devuelvo la sonrisa.

—Solo si me prestas un par de toallitas desmaquillantes y uno de tus pijamas.

A mucha gente le molestan los *piercings* y por eso se los tienen que quitar, pero a mí me pasa justo al contrario: estoy incómoda si no los llevo puestos. Cuando estoy nerviosa, necesito girar la bolita que llevo en el labio una y otra vez.

Después de desmaquillarme y de que mis ojos negros vuelvan a ser lo más oscuro que tengo en la cara, saco todos los pendientes de mi bolso (que había guardado previamente en una bolsita de plástico) y me los coloco uno a uno.

Al terminar, Valeria y yo nos acurrucamos en su cama y vemos *Crónicas vampíricas* hasta que nos empachamos del exceso de drama adolescente (o eso dicen, porque los actores no aparentan menos de veintimuchos o casi treinta). Luego, decidimos empezar *Entrevista con el vampiro*, película que solo me hace pensar en lo bien que le queda el pelo largo a Brad Pitt (por mucho que lo odie por lo de Angelina, tengo que admitir la verdad) y lo extraño que me parece Tom Cruise como vampiro.

Cuando llegamos a la escena en la que la niña-vampiro se deshace de las muñecas que hay sobre su cama y revela un cadáver que escondía bajo ellas, escuchamos la voz de la hermana de Valeria llamándonos para cenar. Extrañada, miro mi teléfono y me doy cuenta de que son las nueve y media de la noche. Creedme cuando digo que todos esos negocios que no tienen ventanas para que los consumidores no se den cuenta del tiempo que pasan en ellos perderían en una competición *antipaso del tiempo* contra la habitación de mi amiga.

—Gracias, Zoe —le digo al tomar asiento en el sofá del salón. Valeria hace lo mismo.

—No es nada. Ya me prepararéis vosotras la cena otro día —dice mientras nos guiña un ojo.

Zoe ha preparado arroz al curri; dos platos con pollo para ellas y otro de verduras para mí. Aún no entiendo cómo no ha encontrado a nadie que se pelee por ella para tenerla como compañera de piso. Yo lo haría. Si tuviera dinero, vaya.

—Gala ha llamado a Álex esta mañana —suelta de repente Valeria antes de llevarse la cuchara a la boca.

Zoe se pasa una mano por su pelo corto y decolorado, atónita. Por mi parte, le dedico una mirada fulminante a Valeria y luego procedo a explicarle lo mismo que le he dicho a su hermana.

—¿Y si te cogen? —pregunta Zoe mientras se quita un granito de arroz que ha caído sobre su camiseta, en la que se lee: «Black & Proud».

—No me van a coger.

—Eso no lo sabes —responde ella.

—Lo sé al noventa y nueve por ciento. Y llegaré al cien en cuestión de horas, cuando reciba el *e-mail* de rechazo.

—Qué pesimista —dice Zoe.

—Soy realista —contesto, y pongo el plato sobre la mesa y me dejo caer sobre el cómodo sofá verde.

—También sería realista creer más en ti misma —incide Valeria, que rebaña el plato con ayuda de un trozo de pan—. Porque vales para esto.

No sé si es por el exceso de picante de la cena o por escuchar a Valeria decir algo tan bonito, pero los ojos se me llenan de lágrimas, y decido devolverle el abrazo de antes con un beso en la mejilla con sabor a pimiento al curri.

Capítulo 4

—Gala, si refrescas tu *e-mail* una sola vez más, juro que salto a la cama y te muerdo el cuello.

Vale, sí: quizá (y solo quizá) estoy un poco nerviosa y lo estoy pagando con mi bandeja de entrada, exigiéndole noticias cuanto antes, pero es que la paciencia nunca ha sido uno de mis puntos fuertes, y mucho menos cuando se trata de no saber algo. Por extraño que parezca, llevo mucho mejor que me den una mala noticia que saber que me la tienen que dar y que no llegue.

Mientras Valeria aprovecha para adelantar sus lecturas, yo llevo mirando la misma pantalla desde hace, al menos, media hora. Es patético, lo sé. Pero, como es sábado, no tengo nada mejor que hacer.

—Dijo que nos lo comunicarían esta noche.

—O mañana por la mañana —me corrige. ¿Por qué se lo cuento todo?

—Una vez más —le digo poniéndole ojitos.

Valeria deja el libro abierto sobre su pecho y me mira desde su cama con desaprobación (y, como yo duermo en la cama de abajo de su cama nido, parece una diosa juzgándome como la mera y estúpida mortal que soy).

—Una y no más —me concede, y levanta el dedo índice, sobre el que lleva un anillo con forma de luna.

—Gracias, mami —me burlo antes de volver a deslizar el dedo hacia abajo en la pantalla de mi móvil.

Y, como si nada, aparece.

Suelto un grito que seguro que despierta a Zoe, que, al contrario que nosotras, sí que trabaja en domingo (juro disculparme con ella con un magnífico bizcocho de chocolate y plátano), y dejo que el móvil se me escurra entre las manos y aterrice sobre mi frente por los nervios.

—Eres tontísima —se ríe Valeria, sin moverse ni un centímetro para ayudarme—. Ojalá haberte grabado.

Refunfuño entre dientes, recupero el móvil y me siento en la cama para no darle motivos al destino para volver a reírse de mí. Luego, miro la pantalla, que aún sigue encendida, y abro el *e-mail*.

Gala y Álex:
Gracias por vuestra participación en el casting de hoy. Me alegra anunciaros que seréis los Mr. Darcy y Elizabeth de reserva. Actuaréis en una de cada tres funciones (así los actores principales descansan) y también en caso de que alguno de ellos enferme o no pueda hacerlo por otro motivo.

Los ensayos serán los sábados y los domingos por la tarde en la misma sala del casting, de 17:00 a 21:00. Como mañana será el primer día, presentaos a las 20:00.

Nicolás Moreno,
director de teatro experimental y clásico

Cojo aire. Esto es lo que debió de sentir Tom Holland cuando lo cogieron para interpretar a Spiderman. Vale; yo no voy a codearme con Robert Downey Jr., Scarlett Johansson, Tom Hiddleston o Benedict Cumberbatch, sino con mi ex, pero ¡voy a interpretar a Elizabeth Bennet en un teatro de La Latina!

Sin pensarlo, me pongo de pie en la cama y empiezo a dar saltitos de emoción, aunque trato de no gritar.

—Enhorabuena —me felicita Valeria, que sonríe—. Y lo siento.

Me detengo un segundo.

—¿Por qué lo sientes?

Ella vuelve a coger el libro.

—Porque Álex vuelve a ser parte de tu vida.

Me agacho, cojo mi almohada, se la lanzo y consigo que el libro caiga sobre ella.

—Por fastidiarme el momento —le recrimino.

Valeria suelta una carcajada, aparta el libro y, después de agarrar su almohada, se levanta.

—¡Solo estoy siendo realista, señorita Bennet! —se burla, antes de darme un golpe con ella.

—¡Cállate! —le digo entre risas, mientras cojo la mía para contraatacar.

Así, nos enfrascamos en una devastadora guerra de almohadas y cojines, y solo nos detenemos cuando caemos exhaustas en nuestras camas.

Que me hayan dado el papel de Elizabeth (aunque sea el de reserva) ha sido genial, pero eso nunca podrá superar al hecho de tener a Valeria como amiga.

Como ya he dicho antes, he sufrido problemas de autoestima relacionados con mi físico. Estos se debieron, en su gran mayoría, al hecho de compararme con todas las chicas de mi instituto y de las redes sociales. Por un lado, sentía que debía parecerme a ellas para encajar; pero, por otro, no quería. Me gasté demasiado dinero en renovar mi armario con ropa que ni siquiera me gustaba, y no porque no la considerara bonita (que lo era), sino porque no me sentía yo misma cuando la llevaba puesta. Lo mismo pasó con los cortes de pelo y el maquillaje.

Supongo que es uno de los problemas del canon de belleza: la falta de variedad.

Todo cambió cuando conocí a Celia. Celia, esa chica que, con dieciséis años, se rapó el pelo y se lo tiñó de blanco. Celia, esa chica que se pintaba los labios de color azul y verde y que se puso un *piercing* en cada mejilla.

Pensándolo bien, tengo más cosas que agradecerle que reprocharle.

En fin, que me desvío del tema. Lo que quería decir es que, gracias a ella y a mi psicóloga, conseguí aceptarme a mí misma tal como soy: con unos ojos negros normales, mi maravilloso pelo de colores, mi nariz ligeramente grande, mis labios en forma de corazón (o eso dice mi madre) y mi intimidante metro cincuenta y siete.

El problema es que todos esos avances respecto a mi autoestima se ven peligrosamente amenazados por el elenco del que formo parte. Lisa y su novio, Sergio, han sido seleccionados para interpretar a Lydia Bennet y George Wickham, y la chica que me recordó a Bella y su absurdamente atractivo novio (de los que ahora sé, gracias a las incómodas presentaciones, que se llaman Enzo y Carol) serán la pareja principal: Elizabeth y Mr. Darcy.

Joder, incluso la mujer y el hombre que interpretan a la señora y el señor Bennet son atractivos.

¿Quizá es un problema mío? ¿Es mi cuerpo, que quiere decirme algo?

—Hoy nos limitaremos a hacer la primera lectura sentados. Luego, iremos a cenar algo juntos. ¿Qué os parece? —pregunta Nicolás, sentado en el borde del escenario y dirigiéndose a todos nosotros, que ocupamos las butacas de la sala.

La mayoría acepta gustosamente, porque: ¿quién no querría cenar con su pareja y sus nuevos compañeros? Es un buen plan para todos, excepto para mí y para Álex, que nos dedicamos una mirada incómoda. Estoy segura de que él daría lo que fuera por pasar la noche con Celia, al igual que yo en mi casa. Aguantar los gritos de maníaco de mi compañero de piso jugando al *WoW* hasta las tres de la mañana suena como una tarde en el *spa* al lado de esto.

Nicolás da una palmada y nos invita a todos a subir al escenario y a sentarnos formando un círculo.

—Eh... —digo, aunque trato de que no se me oiga demasiado—. ¿Nosotros no tenemos que leer, o sí? Quiero decir, ya hay un Mr. Darcy y una Elizabeth...

—¡Tienes razón! —responde, y asiente—. Haremos dos lecturas entonces. Una con la pareja principal y otra con la de reserva.

Genial. Ahora mismo, me he convertido en esa chica que

le recordaba a la profesora de inglés que había ejercicios que corregir del *workbook*. Maravillosa primera impresión, por si la de la revelación de mi verdadero color de pelo no hubiera sido suficiente; aunque estoy segura de que Nicolás no me ha sustituido porque planea hacer que me tiña el pelo de castaño.

—Buena esa, Gala —murmura Álex al pasar a mi lado, y yo agacho la mirada y rezo por que mis compañeros no me odien tanto como lo odio yo a él.

Cuando la última persona se sienta, la actriz que hace de la señora Bennet empieza la lectura, sin desaprovechar ni un segundo. Tiene el rostro de una madre bonachona y el tono de voz algo agudo, que trata de regular a medida que habla. Álex y yo escuchamos a los demás en silencio hasta que llega la escena 2, en la que Mr. Darcy es introducido.

Enzo se aclara la voz y, cuando empieza a hablar, sucede algo totalmente extraño: el resto de sonidos ensordecen, de modo que solo hay espacio para su voz profunda y algo rasposa. Por si esto fuera poco, antes de que termine de leer la primera línea, noto que su figura está perfectamente iluminada, lo que me lleva a revisar las luces sobre nosotros. No entiendo lo que pasa. Ninguna lo está apuntando directamente; de hecho, parece que solo aportan una luz general al escenario. Entonces, ¿por qué? ¿Por qué parece que el técnico de luces ha estudiado su rostro y cuerpo para saber en qué posición e intensidad colocar cada uno de los focos?

Tiene que ser la camisa que lleva, tan fina que marca cada una de las líneas de sus brazos. Y también lo inusualmente radiante que es su piel y lo bien talladas que están sus facciones. Sí, debe ser esto.

Trago saliva e intento calmarme, pero todo se va al garete cuando vuelve a ser su turno para hablar. Me fijo de nuevo en su rostro, y esta vez no solo me sorprende lo bello que es, sino también el rango de emociones que puede expresar con él, sin necesidad de mover el cuerpo.

Por una parte, me alegro por el ridículo que va a hacer Álex a su lado y, por otro, siento una emoción chispeante en el pecho.

No puedo esperar a actuar con él.

Capítulo 5

Espero que Nicolás pague a Raquel un sueldo acorde a lo bien que hace su trabajo, porque el restaurante que ha encontrado para nuestra cena es, probablemente, el mejor asiático de todo Madrid.

El interior está decorado de manera que recuerde a los puestecitos de comida típicos de Japón, con linternas de papel, cortinas de tela y mesas de color rojo y, al mirar hacia arriba, me encuentro con que el techo está recubierto de parasoles japoneses con diferentes motivos: unos con flores de cerezo y otros con dragones.

¿A quién tengo que matar para quedarme a vivir aquí?

—Tienen reserva, ¿verdad? —nos pregunta una camarera que acaba de salir de la cocina y que carga con una bandeja de boles humeantes con la mejor pinta del mundo.

—Sí. A nombre de Raquel Álvarez.

—Seguidme por aquí, chicos.

Cruzamos un corto pasillo que nos lleva a una sala con la

misma decoración que la anterior y la camarera nos indica la mesa del fondo.

Y… aquí viene la parte incómoda. Hasta este momento, todo ha ido bien porque Álex y yo nos hemos evitado en el metro entablando conversaciones con otros compañeros. Pero eso acaba aquí y ahora, porque todo el mundo espera que nos sentemos juntos. Y, sobre todo, que aparentemos ser una pareja de enamorados.

Nicolás y Raquel escogen los asientos centrales y los actores que hacen del señor y la señora Bennet se sientan frente a ellos, dividiendo la mesa en dos. Antes de que pueda tomar una decisión, el grupo que forma el resto de las hermanas Bennet sin pareja y otros personajes secundarios ocupa una de las mitades, de modo que nos dejan la otra a Lisa, a Sergio, a Enzo, a Carol, a Álex y a mí.

Álex me adelanta por la izquierda y se sienta junto a Sergio, su nuevo mejor amigo, así que deja a mi otro lado a… Enzo.

Genial. Por si no estuviera ya lo suficientemente nerviosa.

—Hola, soy Gala, la otra Elizabeth Bennet. Ayer no tuvimos tiempo de presentarnos —le digo después de sentarme, ya que Álex no ha tardado ni un segundo en ignorarme.

Él me mira de arriba abajo con sus fríos ojos, como si, en vez de una chica, fuera un unicornio, y luego tensa la mandíbula.

—Está bien —se limita a contestar, y luego se da la vuelta para hablar con su novia.

Me quedo mirando su espalda durante unos segundos, atónita.

¿«Está bien»? ¿Qué clase de respuesta es esa? Por supuesto, no me debe una conversación; pero sí, al menos, no ser un completo idiota. ¿Acaso… se ha dado cuenta de lo que ha pasado en el ensayo? ¿Piensa que estoy obsesionada con él o algo así? Puede ser, supongo, aunque solo han sido un par de miraditas furtivas, por lo que esto lo convertiría en un completo narcisista. Pero, vamos, es actor. Al menos podría fingir cordialidad para devolverme el saludo.

—¿Cómo te has visto? —me pregunta Lisa.

—Bien, supongo —contesto, feliz por que alguien me dirija la palabra.

—¿Supones?

—Es que estábamos sentados, sin el vestuario y…

—Tú necesitas sentirlo todo, ¿verdad? —pregunta, casi segura de la respuesta.

Me encanta esta chica. Y también su vestido naranja pastel con margaritas.

—Sí —contesto, maravillada de que alguien me comprenda tan bien.

Ella se ríe.

—Por cierto, me gusta mucho tu pelo. Y tu conjunto.

Por un nanosegundo, se me olvida lo que me he puesto antes de salir de casa de Valeria. Como es habitual que me quede a dormir ahí, decidí dejar varias prendas en su armario para no tener que cargar con una muda cada vez que voy. Hoy me he decidido por mi top negro que simula un corsé (tengo que ir acostumbrándome), una falda a cuadros negros y blancos y unas botas de plataforma.

—Gracias, aunque es una peluca —digo mientras cojo un mechón castaño.

Lisa se inclina sobre la mesa.

—Lo sé. Te he visto en el baño tratando de ponértela bien —murmura con una expresión divertida—. ¿Nicolás no te ha dicho nada?

Suspiro al recordar la incómoda conversación que hemos tenido tras terminar la segunda lectura.

—En resumen, que no me preocupe por los *piercings*, porque los agujeros no se van a ver desde las butacas, ni por los tatuajes, ya que voy a ir completamente cubierta con el vestido de época. —Hago una pausa para rascarme la nuca—. Pero el pelo… o me lo tiño o tengo que llevar peluca.

—Creo que me hago una idea de lo que has elegido. —Sonríe y se recoloca las gafas—. Pero ¿por qué no te la has quitado al terminar? No tiene pinta de ser muy cómoda.

—Y no lo es. Hannah Montana era un maldito engaño —suspiro y me echo sobre la silla—. Pero es que, después de llevarla durante un par de horas, mi pelo real queda chafado y sudado y es insalvable a menos que me dé una ducha. Así que estoy atrapada.

—Las cadenas de la actriz contemporánea —bromea ella.

En ese momento, escucho a alguien acercarse por detrás.

—¿Sabéis ya lo que vais a querer, chicos? —pregunta la camarera.

Mierda. Ni siquiera he mirado la carta. Y yo no soy de las que se puede permitir pedir algo como «vuestro plato estrella».

Mientras los demás van anunciando sus pedidos y la camarera los anota, abro la carta y la escaneo rápidamente en busca de algo con un simbolito verde, pero, antes de encontrarlo, llega mi turno.

—¿Y tú? —pregunta Álex. ¿Para esto me habla por primera vez en toda la noche, para meterme prisa?

Sinceramente, espero que eso que dicen de que del amor al odio hay un solo paso sea verdad y así, por lo menos, mi actuación será más creíble.

—Yo... —balbuceo mirando a la camarera. Como no quiero hacerle perder el tiempo, le resigno a preguntar—: ¿Tenéis algún ramen vegetariano?

Por el rabillo del ojo veo que Enzo me mira de manera fugaz, desconcertado.

¿Acaso se cree que mis verduras van a atacar a su comida?

—Sí, hay uno vegetariano y otro vegano —dice la chica, que señala ambas opciones en mi carta con la punta de su bolígrafo.

La verdad es que el vegano tiene mucho mejor pinta y más cantidad de tofu frito, así que pido ese. Cuando la camarera se va, Carol, la novia de Enzo, asoma su cabeza y se dirige a mí:

—¿Eres vegetariana?

—Sí, desde los diecisiete años.

Se pasa una mano por el pelo.

—Yo no podría; me chifla el pollo —bromea—. Así que os admiro mucho a los que lo sois.

Sonrío, porque nunca he sabido qué responder a algo así. La verdad es que, si alguien tiene que admirarme, me gustaría que fuera por otra cosa.

—Oye, Carol, ¿cuánto lleváis Enzo y tú? — pregunta Lisa cambiando de tema.

—Pues… desde el instituto, aunque al principio no fuera muy en serio —responde ella mientras se arregla la cinta que lleva hoy en el pelo; en este caso, una violeta—. ¿Y vosotros? —nos pregunta a Álex y a mí.

Mierda. Probablemente, habría sido inteligente hablar y ponernos de acuerdo en este tipo de cosas.

—Dos años —responde él antes de que yo decida qué decir, y desprende la misma seguridad que cuando actúa—. Nuestro aniversario fue la semana pasada.

Técnicamente, sería verdad en caso de seguir juntos. Pero no lo estamos, y la manera en la que lo ha dicho, haciéndolo parecer totalmente creíble, es pasmosa. Valeria se ha reído de mí varias veces por lo mal que se me da mentir a pesar de ser actriz, pero es que, al contrario de lo que aseguró Shakespeare en una de sus obras, yo no creo que el mundo sea un escenario.

En fin, solo otra cosa más que añadir a la lista de cosas en las que Álex y yo no coincidimos.

—Ay, ¡enhorabuena! —nos felicita Lisa—. ¿Y qué, hicisteis algo especial?

—Eh… —comienzo a hablar, pero Álex me interrumpe.

—Fuimos un par de días a la playa —asegura y, como si fuera cosa del destino, alguien en la mesa de al lado suelta una estruendosa carcajada.

Me es muy difícil evitar poner los ojos en blanco o levantarme y gritarle algo como «Pero ¿tú me escuchabas cuando hablaba o también fingías eso?». Odio la playa. No me gusta cómo la arena se cuela en sitios en los que no creía que podría colarse, y mucho menos quemarme al sol. Porque yo no me pongo morena, yo me pongo roja, a lo americano.

Bueno, ¿y qué me decís de estar bañándome en un sitio en el que hay peces, crustáceos y demás criaturas danzando a mi alrededor? No sé a vosotros, pero a mí me parece digno de una película de terror.

Vivan las piscinas. Algún día, abriré un club de fans en su honor.

—Pues se os ve bien blanquitos a ambos —se burla Sergio, y le da una palmada en la espalda a Álex.

—Quizá porque no salimos demasiado del apartamento —se jacta él.

Está decidido. Voy a afilar los palillos con los que se supone que voy a comerme mi delicioso ramen y le atravesaré el pecho con ellos.

¿Era así de capullo cuando salía con él? Porque no lo recuerdo de esta manera. Era un poco idiota, sí, pero no era inaguantable. ¿Qué demonios le ha pasado?

—¿Y para qué fuisteis hasta la playa entonces? —pregunta Enzo con una ceja arqueada. Las luces del restaurante hacen que su pelo brille como el ónice.

—A Gala le encanta el mar —responde Álex con una falsa sonrisa y rodeándome con un brazo. Siento que un escalofrío de los malos me recorre la espina dorsal.

—Ah. —musita Enzo.

«Ah.»

De vuelta a los monosílabos.

Me gustaría saber si me está juzgando a mí o a nuestra (falsa) relación; aunque, considerando cómo han ido las cosas hasta ahora, me inclino por la primera.

De repente, la camarera vuelve con varios platos: algunos de arroz, otros de udón, algunas *gyozas* para picar y dos boles de ramen que deja frente a Enzo y a mí. Tengo que admitir que, después de probar el ramen real, no he sido capaz de disfrutar el instantáneo de la misma manera.

—Uno vegano y uno vegetariano —anuncia ella.

Antes de que me dé tiempo a sorprenderme, Enzo anuncia:

—Esto… esto no es lo que he pedido —dice mientras le dedica al pobre ramen una mirada de disgusto.

La camarera se disculpa y se ofrece a cambiarle el plato, pero Carol intercede:

—Tampoco va a pasar nada por un día —comenta, y lo anima a comer lo que le han traído.

Eso es, Enzo. Aunque no comas carne o gambas por un día, el mundo va a seguir girando. Te lo prometo.

—¿Entonces? —pregunta la camarera.

—Está bien —acepta a regañadientes, algo incómodo—. Me quedo con este.

Niego con la cabeza levemente y decido dejar pasar el tema y centrarme en algo mucho más interesante: mi comida. Agacho la mirada hacia mi plato humeante y mi boca saliva. Tiene una pinta increíble. Huele a una mezcla entre soja, puerros y especias, y sobre el caldo flota una buena porción de fideos, tofu, cebollino, setas *shiitake* secas y maíz.

Como no soy la persona con más modales del mundo (bueno, y porque quiero olvidarme del hecho de estar atrapada como en un sándwich entre dos idiotas), cojo mis palillos y empiezo a comer.

Entonces, cuando me dispongo a llevarme a la boca una ración de setas y fideos, pillo a Enzo mirándome por encima del hombro.

—¿Pasa algo? —pregunto, pues creo que, seguramente, me ha salpicado alguna gota de caldo en la cara.

Él rumia sus pensamientos, mastica sus palabras y responde:

—Nada.

—Me estabas mirando por algo —insisto, harta de sus respuestas como callejones sin salida.

—No te estaba mirando a ti —contesta, y, por muy desagradable que sea, agradezco al universo que haya empleado todas sus fuerzas y los músculos necesarios para darme una respuesta de más de una palabra.

—Pues mirabas en mi dirección —digo mientras me giro hacia atrás para comprobar si lo que miraba está ahí, pero solo hay una mujer con un carrito de bebé.

El ambiente está envuelto en humo, deliciosos aromas y las risas que se cuelan desde una sala contigua. Casi parece una escena feliz.

—Miraba tu plato. Tiene buena pinta —confiesa por fin.

Aunque no me lo creo, por el bien de no alargar más esta situación incómoda, contesto:

—Ah. Vale.

Y no volvemos a dirigirnos la palabra en el resto de la noche.

Capítulo 6

Rachel McAdams explicó en una entrevista que, como ser profesora de teatro de niños no pagaba las facturas, tuvo que trabajar en un McDonalds durante tres años a pesar de ser un desastre en ello.

Me gusta pensar que estoy siguiendo sus pasos, pero sin niños (menos mal) y cambiando la grasa de la comida basura por las manchas de café y chocolate.

Aunque…, pensándolo mejor, retiro lo dicho. Yo voy por mucho mejor camino que ella: solo me falta cambiar mi carrera de traducción por la suya de arte dramático, a pesar de que en España ambas tienen el mismo valor que una servilleta de un bar de tapas. Supongo que, con la mía, al menos tengo trabajo (aunque, al ser tan poco y tan mal pagado, tengo que compaginarlo con el de camarera).

En fin, estoy empezando. O eso dicen los que llevan muchos años en el gremio y tienen un puesto relativamente fijo en empresas importantes.

Por otro lado, la verdad es que no puedo quejarme, porque hay dos cosas que me maravillan de mi segundo trabajo: la primera es que es una de las cafeterías más bonitas de Madrid. Está inspirada en los jardines de las casas inglesas, y tiene flores y jaulas para pájaros (¡sin pájaros!) colgando del techo, relojes de pie, un mueblecito de madera blanca con varios sándwiches triangulares expuestos y, sobre todo, mesitas y sillas de patio; y, la segunda y más importante: como Valeria y yo tenemos horarios de trabajo diferentes, puede venir a verme. Y lo hace. Aunque sospecho que tiene mucho que ver con los dulces artesanales que vendemos.

—Gala, te he pedido una tarta de zanahoria, no de manzana —me recrimina ella cuando le llevo el platito a su mesa.

—Perdón —me disculpo mientras tomo asiento a su lado. Solo hay un cliente más y ya está más que servido con sus dos maxigalletas y su zumo natural—. Estoy algo distraída. Es que llevo desde anoche dándole vueltas a lo de la cena.

—Querrás decir pensando en don soy-mucho-mejor-que-tú —se ríe. Sí, puede ser que le enviara una ristra de audios contándole todo lo que pasó al segundo de despedirme del grupo.

—Pues sí. En él y en Álex —me quejo, y me hundo en la silla.

—¿Huelo a triángulo amoroso? Aunque, técnicamente, no lo es, porque para eso tendrían que gustarse también entre ellos. Pero me entiendes —dice mientras echa azúcar a su café y lo remueve.

—Lo único que vas a oler si vuelves a sugerir algo así va a ser la tarta de zanahoria que no te voy a traer —aseguro dedicándole una mirada asesina.

La campanita que hay sobre la puerta suena, lo que indica que ha entrado alguien. Me levanto de inmediato, cojo el plato con la tarta de manzana, bajo las escaleras que me llevan a la planta baja y me coloco detrás del mostrador. Después de darles a las dos chicas su pedido y de colocar la tarta en su sitio, vuelvo con Valeria.

—¡Eh! ¿Y mi tarta? —se queja, ejerciendo su dominancia con un patético golpecito sobre la mesa.

—La tendrás cuando me digas algo que me ayude.

Ella gruñe por lo bajo.

—Está bien. Expón tu caso.

Cojo una bocanada de aire.

—A ver, los ensayos van a durar todo el verano —me sigo quejando a la vez que me sacudo la harina que me ha caído al vestido con estampado de tablero de ajedrez que llevo—. Y Nicolás nos dijo que tiene previsto que las funciones empiecen en septiembre y acaben en diciembre. Eso si no se alargan. ¿Qué se supone que voy a hacer? ¿Cómo voy a trabajar con el señor monosílabo y soportar a Álex tanto tiempo?

—¿Te interesa la obra?

—Sí.

—Pues con mucha paciencia y una notable mejora de tu habilidad para mentir —dice, y mira hacia el mostrador, donde están expuestos los dulces en sus bandejas transparentes y cubiertos con tapas—. Ahora quiero lo que se me ha prometido. Por favor.

—Esta te la guardo —le juro mientras vuelvo a ponerme de pie.

Valeria sonríe, victoriosa, y luego coge el libro de *Carmilla* para hacer una anotación.

Entonces, en el mismo instante en que destapo la tarta de zanahoria, la puerta vuelve a abrirse y, cuando me muevo un paso a la derecha para despejar mi campo de visión, descubro de quién se trata: Carol, acompañada de otra chica.

Maldigo mi suerte por lo bajo. ¿Cómo voy a quejarme de Enzo, teniendo a su novia al lado?

—¡Mi otra Elizabeth! —me saluda Carol con un agudo gritito. Entonces, después de fijarse mejor, echa la cabeza hacia atrás, sorprendida—. Vaya, sabía que llevabas peluca en los ensayos, pero no te había visto sin ella. Estás... diferente.

—Espero que para bien —me río.

—¡Sí, claro! —aclara, nerviosa.

—Me alegro. Entonces..., nuestra Elizabeth principal —respondo, y hago una reverencia con mi vestido—. ¿Qué la trae a este lugar?

Su amiga me mira como si estuviera chiflada, pero ella me sigue el rollo.

—Acompaño a mi querida amiga Lucía, que me ha invitado a un tentempié en este hermoso sitio. ¿Y vos?

—Yo trabajo aquí, mi señora, para poder pagar mi vivienda y mis gastos —respondo, y abro los brazos para mostrarles lo que hay a mi alrededor—. Aunque también estoy acompañada por mi amiga Valeria —continúo, y la señalo con una mano. Carol y su amiga agitan la mano y ella les devuelve el saludo.

—Amiga de la chiflada de época: ¡presente! —dice ella.

—Como si tú fueras mucho mejor —me burlo, y le saco la lengua.

Carol se queda mirándola durante un par de segundos.

—Valeria, me encanta tu estilo —asegura.

Mi amiga no parece muy convencida de la veracidad de sus palabras y, la verdad, no la juzgo. Si Carol y ella fueran polos más opuestos, se saldrían del planeta Tierra. Mientras que Valeria lleva sus voluminosos labios pintados de negro, los de Carol son de un discreto rosado; Valeria viste unas medias negras y rotas, una falda con varias capas y un top (ambos negros) y un montón de collares, Carol viste una falda vaquera larga, una sencilla camisola dorada y una boina *beige*.

—Gracias —responde por fin Valeria—. El tuyo es… ¿interesante?

Carol se ríe y asiente a modo de agradecimiento; luego se gira hacia su amiga, le pregunta lo que quiere, y esta le responde que está abierta a sorpresas.

—¿Cuál es la tarta más rara que tenéis? —me pregunta Carol mientras echa un vistazo a todas las que hay.

—Ehh… —murmuro, mirándolas—. Como extraña supongo que la de cerveza negra o la de té matcha y aguacate. Pero —continúo mientras destapo una a mi derecha—, creo que esta es la vuestra. La de violetas.

Carol se acerca y la mira por encima. Se trata de un bizcocho relleno de la misma crema de violetas que lleva en la parte superior, con unas flores lilas comestibles como decoración.

—¡Perfecto! —exclama, convencida. Luego, coge una de las cartas que hay, la hojea y dice—: Pues dos porciones de tarta de violetas y dos *latte macchiato*, por favor.

—¡Marchando!

Mientras pongo la máquina de café en marcha, emplato las porciones de tarta en dos platitos. Por su parte, Carol invita a su amiga a encontrar asiento mientras ella habla conmigo.

—Os llevo yo el pedido a la mesa —digo, y dejo los platos en la barra—. No te preocupes, puedes ir a sentarte con ella.

—Oh, no, no —responde sincera y con una expresión alegre—. Es que quería comentarte algo que se me ha ocurrido, a ver qué te parece…

Me quedo quieta, extrañada, mientras la máquina de café sisea. ¿Qué me querrá decir? ¿Quizá quiere darme un consejo sobre cuidado capilar? La verdad es que no me quejaría, porque los aceites que uso para el cabello decolorado han dejado de surtir efecto. ¿O quizá quiere disculparse por el idiota que tiene como novio? No, no. Seguro que quiere pedirme que ayude a Enzo a comer más verduras y frutas. De eso sí que me quejaría, por eso de que prefiero evitar las conversaciones asombrosamente incómodas.

—Dime.

Dejo de escuchar el chorrito de café, lo que me indica que están listos para servir.

—A ver, no soy tonta… —empieza. Vale, ¿supongo?—. Anoche me di cuenta de que a Enzo no le caes demasiado bien. —No me digas, Sherlock—. Cuando llegamos a mi casa, me pidió por favor que tratase de no faltar a ningún ensayo, y, cuando le pregunté por qué, me respondió que para evitar ensayar contigo. En fin, no sé qué mosca le habrá picado. La verdad es que últimamente está de un tonto que…
—se detiene a sí misma y me mira, como disculpándose—. Perdona, eso no te interesa. —Se ríe—. En fin, que, además de eso, noté que Álex y tú no hablabais demasiado, y qui-

zá me esté metiendo donde no me llaman, pero a lo mejor podemos matar dos pájaros de un tiro.

Vale, eso ha sido demasiada información que procesar. A ver: por un lado, me preocupa que un compañero de elenco me odie (trabajar así es horrible) y también que la gente no haya tardado ni dos días en darse cuenta de que mi relación con Álex es... complicada, porque el próximo paso lógico es acusarnos de impostores. Aun así, lo que más temo de todo es el plan que a Carol se le habrá podido ocurrir, porque creedme cuando digo esto: la sociedad está muy equivocada al creer que la gente que viste y tiene gustos parecidos a los de Valeria es a la que hay que temer. Para nada es así. Las peores son las personas envueltas en brillo y colores chillones, como ya demostró Regina George en *Mean Girls*. Y, por bien que me caiga, Carol tiene toda la pinta de ser una de ellas; de tener una mente macabramente retorcida.

—¿Gala? —me pregunta, sacándome de mi propios pensamientos.

—Perdón, ¿qué decías?

—¡Que he pensado en que tengamos una cita doble! —anuncia, como haciendo una gran revelación, y, antes de que pueda contestar, coge una tarjetita de presentación de la cafetería, saca un bolígrafo de su bolso y se pone a escribir—. El viernes por la noche en mi casa —aclara, como si nada—. Este es mi número. —Desliza la tarjeta por el mostrador—. Escríbeme y en un par de días te digo hora y también mi dirección.

Inmediatamente después, coge los dos platitos con la tarta de violetas y me da la espalda para reunirse con su amiga, y me deja con la gran tarea de buscar una excusa para evitar la tercera guerra mundial.

(Y, sí, quizá soy un poco exagerada. Pero es lo que hay.)

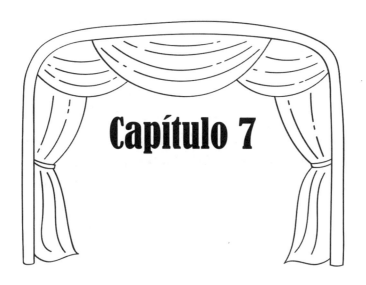

Capítulo 7

La primera obra en la que participé se representó en el gimnasio de mi colegio.

Fue un día antes de las vacaciones de Navidad y yo hacía de una de las pastorcillas del Belén. Apenas tenía dos frases, pero no hizo falta nada más para saber que aquello era algo que quería que me acompañase durante el resto de mi vida.

El público estaba compuesto, obviamente, de padres, hermanos y abuelos de todos los niños. Entre ellos también había familiares míos, aunque al igual que mi compañera de clase Andrea, a la que solo venían a ver sus dos madres y su hermana pequeña, yo tampoco esperaba ningún tipo de figura masculina; en su lugar, contaba con las dos mejores mujeres que podía haberme regalado la vida: mi tía Alicia y mi madre, Carmen.

La historia de mi familia es tan peculiar como cualquier otra: mi madre se quedó embarazada a las pocas semanas de empezar su primer trabajo como enfermera, recién salida de la carrera. Como al principio este no es un trabajo ni mucho menos estable, los contratos que le ofrecían solían ser temporales (uno podía ser para tres meses y, el siguiente, para una guardia de doce horas), por lo que, teniendo en cuenta que mi padre no quiso saber nada de lo que él denominó «problema», mi madre decidió que la mejor idea era abortar.

Naturalmente, nunca la he juzgado ni me he sentido mal por ello; ¿cómo hacerlo, si también habría sido lo primero que yo hubiese pensado hacer?

Aun así, como es obvio, su plan descarriló como un tren sin maquinista. Y lo hizo por la increíble tortura psicológica proveniente de mi abuela, su madre, que le repitió sin descanso lo mucho que se arrepentiría de no haber conocido al que podría haber sido su primer hijo; lo feliz que tanto ella como su hermana la habían hecho tras años y años de supuesta infertilidad y que, quizá, al igual que ella, esa sería su única oportunidad de experimentar la *verdadera* maternidad (ya que nunca consideró a las madres con niños adoptados como madres reales).

Sus palabras calaron tan hondo en mi madre que creo que llegaron a debilitarle los huesos, y de ahí su temprano problema de osteoporosis. Por esto, decidió seguir adelante con el embarazo; sin embargo, al nacer, la realidad se interpuso entre nosotras, tal como había predicho nueve meses atrás. En ese momento, seguía viviendo en un diminuto piso de alquiler, llevaba trabajando turnos demenciales un par de meses y, a pesar de la ayuda externa, la situación la superó por completo.

Y fue ahí cuando mi tía Alicia se ofreció a cuidar de mí,

a criarme y a tratarme como si fuera su propia hija junto a su marido, Pablo, que murió de cáncer de estómago poco después de que yo cumpliera dos años.

Al cabo del tiempo, mi madre consiguió mudarse a un piso a un par de manzanas del de su hermana y, siempre que podía (prácticamente todos los días), me visitaba durante al menos un par de horas.

Sé que mi tía Alicia me considera su hija, pero nunca ha permitido que la llame «mamá». Siempre me ha pedido que me refiera a ella como «tía Alicia».

Esta fue, probablemente, la conversación que más se repitió en nuestra casa:

—Mamá —la llamaba.

—Tía Alicia —me corregía ella con la mejor de las intenciones—. No queremos que tu mami se ponga triste si escucha eso, ¿verdad?

—No... —respondía yo, algo decepcionada. La verdad es que no quería disgustar a mi madre, pero, a la vez, no me sentía del todo cómoda llamándola «tía Alicia».

Por supuesto, si a mi madre le molestaba que me refiriera a otra persona como «mamá», nunca lo dijo. Ni a mí, ni a su hermana ni a nadie. Mi tía Alicia simplemente obraba de la manera que ella creía correcta y, aunque es probable que no lo fuera, nadie puede echárselo en cara.

Sea como sea, al final todo salió bien. Y ahora, después de independizarme, vuelvo a casa de vez en cuando para visitar a mi tía Alicia y a mi madre.

Hoy es uno de esos días.

—¿Qué tal te va en el trabajo? —me pregunta mi madre mientras coloca los platos.

Al ser gemelas, hicieron un pacto de adolescentes: nunca llevarían el mismo color ni corte de pelo. Así que, mientras que mi tía lleva el pelo por los hombros y la permanente hecha, mi madre lo lleva corto y con mechas rubias.

—¿En cuál de ellos? —pregunto.

—En los dos —aclara ella, sonriendo.

Mi tía Alicia se deshace del delantal después de dejar la fuente de macarrones con queso que ha sacado del horno sobre la mesa.

—Pues en ambos sigo recibiendo un sueldo de mierda por un trabajo bien hecho —digo, y cojo una rebanada de pan y me la llevo a la boca—. Así que supongo que igual que siempre.

—Bueno, pero lo de la cafetería es solo temporal. Hasta que puedas vivir de la traducción, ¿no? —me recuerda mi madre.

Yo suspiro.

—Para eso aún faltan muchos años y mucha más suerte.

—Pero llegará. Estoy segura —contesta mi tía, que mira una de las tantas velas que le gusta tener encendidas por la casa. De hecho, tiene un pequeño altar dedicado a mi tío Pablo—. He rezado mucho por ello.

A pesar de que yo no soy creyente, le agradezco el gesto.

—¿Y en el teatro? ¿Habéis empezado ya con los ensayos? —continúa mi madre mientras comienza a servir los platos.

Juro que nunca he probado unos macarrones que huelan y sepan tan bien como los que prepara mi tía Alicia. Sé que les echa alguna especia, pero nunca me ha querido revelar cuál.

—Solo una primera lectura —digo, y, al verlas confusas a ambas, aclaro—: Es lo primero que se hace. Los actores se sientan y leen el guion para ir conociendo la historia y a los personajes.

—Oh, eso es una muy buena idea —apunta mi tía mientras pincha unos cuantos macarrones.

—¿Y qué tal tu grupo de teatro y el director? ¿Has hecho migas con ellos?

Me río ante la expresión pasada de moda de mi madre. Son tal para cual.

—Al director se le ve majo. Un poco obsesionado con ciertas cosas, pero majo —contesto—. Y el grupo… —vacilo—. Bueno, hay una chica que se llama Lisa que me ayudó el primer día.

—¿A qué viene esa duda? —inquiere mi tía, preocupada.

Revuelvo los macarrones con el tenedor, separando el queso que los pega unos a otros.

—No lo sé. Hay un chico que creo que me odia.

—¿Y eso? No será uno de esos idiotas de los que te dicen cosas solo por llevar el pelo de colorines, ¿no? —se enfada mi tía.

—A esos, ni caso, Gala —añade mi madre.

—No. —Sonrío—. Al menos, no que yo crea.

—¿Entonces? —pregunta mi madre, que coge su vaso de agua.

—No lo sé —confieso—. Pero hay algo dentro de mí que me dice que va a ser complicado averiguarlo.

Capítulo 8

La pantalla de mi móvil se ilumina con el nombre de Valeria . Dejo a un lado el documento que tengo abierto, en el cual estoy traduciendo las voces superpuestas de una de las miles de familias americanas que piden una isla en la cocina, y abro WhatsApp.

> **Valeria** 😈
> ¡¡¡¡¡¡Gala!!!!!! He quedado esta noche con un chico. Un chico guapísimo.

> **Gala**
> Pásame la ubicación de donde hayáis quedado. Y de paso una foto para llamarte mentirosa.

> **Valeria** 😈
> 📍

64

> Mira su pelo. Y sus pecas. Y el tatuaje de su cuello. Quiero lamer su cuello.

Suelto una risa al leer el último mensaje. Entonces, descargo la foto que me ha pasado y me quedo pasmada con lo que veo. Por primera vez, Valeria tiene razón. Se trata de un chico asiático de piel clara, sentado en el balcón de un piso. Va sin camiseta y muestra una cantidad apabullante de tatuajes y, bajo sus pectorales, luce dos cicatrices horizontales de manera orgullosa; la única parte de su torso sin tinta.

Tiene la nariz ancha y cubierta por pecas, los labios carnosos y una sonrisa que hace competencia al sol que le está dando de frente.

> **Gala**
> Vale, lo admito. Por un momento se me ha olvidado todo el inglés que he aprendido.

> **Valeria** 😈
> ¡Te lo he dicho!

> Voy a ponerme mis mejores galas.

> **Gala**
> ¿El vestido que encontraste en aquella web de ropa de segunda mano?

> **Valeria** 😈
> Sip. Por exactamente 13,75 € me convierto en la chica más guapa de todo Madrid.

> **Gala**
> Lo eres sin necesidad de ningún vestido 🖤

Valeria
❤️

Hemos quedado dentro de una hora…
Ya te contaré.

Mientras espero el ascensor, dime qué
planeas hacer para escaquearte este
viernes

Sugiero fiebre por mordedura de
vampiro.

Gala
¿Fiebre? No recuerdo que me hayas
dicho que cause eso 🤔.

Valeria
Y no lo he hecho.

Pero ellos no lo saben.

Dios, no sé qué haría sin Valeria. Seguramente, aceptar más encargos de gente que pretende que traduzca cien páginas en dos días. Odio a esa gente. ¿Qué se creen que soy, una versión mejorada del Traductor de Google? A lo mejor piensan que miro un texto en inglés y su traducción aparece por arte de magia en mi cabeza.

Gala
Aún no se me ha ocurrido nada. Ni
siquiera he hablado con Carol ni se lo
he dicho a Álex.

Valeria
Gala, estamos a miércoles.

No es por meter prisa.

> Bueno, sí. Te meto prisa.

> Haz algo ya.

Minimizo la conversación con Valeria para escribirle un mensaje a Álex. Qué raro. En su foto de perfil solía aparecer Celia, pero ahora solo sale él con su perro en medio de un parque. Bueno, da igual. Es verdad que una pareja no tiene que exponer su relación constantemente.

> **Gala**
> Hey, tengo que hablar contigo.

Espero un par de minutos (en los que Valeria aprovecha para seguir contándome datos de su cita, como que se llama Syaoran y tiene veintisiete años) hasta que veo la palabra «escribiendo...» en el chat con Álex.

> **Álex**
> ¿De qué?

> **Gala**
> El otro día me encontré a Carol, la otra Elizabeth Bennet, y nos invitó a cenar a su casa.

> **Álex**
> ¿Y qué le dijiste?

> **Gala**
> Nada.

> No me dio tiempo a decirle nada. Estaba trabajando y luego vino un grupo de adolescentes ruidosos.

> **Álex**
> Pues no lo sé. Dile que sí, ¿no?

¿Se ha dado un golpe en la cabeza? ¿Ha tomado algo con lactosa y ha vaciado tanto sus tripas que eso ha afectado a su cerebro?

> **Gala**
> Si vamos, nos van a pillar seguro.

Álex
¿Qué más da?

El único que no nos tiene que pillar es el director.

Ahí tiene razón. Aunque mi orgullo me impide reconocerlo.

> **Gala**
> ¿Y si se lo cuentan?

Álex
¿En qué les beneficiaría?

> **Gala**
> No lo sé. La gente es mala.

Álex
No tienen pinta de serlo.

Aquí, obviamente, no la tiene. Cómo se nota que no me prestó atención ni por un minuto en toda la cena, porque, de haberlo hecho, se habría dado cuenta de lo imbécil que fue Enzo conmigo.

> **Gala**
> Discrepo. Además, no me apetece nada.

Gala
Gala, perdemos más si no vamos. Van a creer que somos unos imbéciles.

Aunque prometí no meterme con Álex (básicamente, para dejar constancia de que soy mejor persona que él), esta vez no he podido evitarlo. Se lo merece. Por lo de la cena.

Suspiro y dejo el móvil sobre el escritorio para poder reflexionar tranquila; sin estar mirando su cara.

Si decido ir, va a ser la cena más incómoda de mi vida, eso seguro. Además, tendré que soportar, al menos durante una hora y media, la presencia de Álex y de Enzo, a quien la mía parece suponerle un problema.

Por otro lado, es difícil que las cosas vayan a peor; quiero decir, voy a estar atrapada con mi ex, un compañero que me odia y su novia, que intenta salvar mi falsa relación cuando ni siquiera he hablado de ella. ¿Qué tengo que perder (aparte de un poquito de salud mental)? Lo único que podría suceder es que nos pillasen y, como ha dicho Álex, a ellos tendría que importarles poco.

Quizá Enzo aprenda a soportarme. O Álex a no comportarse como un capullo. Y, si ellos dos fallan, siempre tendré a Carol. La sororidad suele sacar a las chicas de muchos apuros.

Y este es uno gordo.

Sé que me arrepentiré, pero cojo el móvil de nuevo y escribo:

> **Gala**
> Vale. Iremos.

> Pero, como vuelvas a decir que me gusta la playa, cojo un cuchillo y te corto tu queridísimo miembro.

> **Álex**
> 😷 Usted perdone, chica de agua dulce.

> Ya me dirás dónde tengo que ir.

> Y la hora.

Álex sigue escribiendo, pero de repente se detiene. Luego, vuelve a aparecer el «escribiendo…» y, de nuevo, nada.

> **Gala**
> ¿Qué te pasa?

> **Álex**
> Nada.

Dios, no otra vez.

> **Gala**
> Álex. Dímelo. Sabes que no pararé hasta que me lo digas

> **Álex**
> Vale

> ¿Quieres que te recoja?

> No sé si estará lejos o no, pero eso.

Gala
Estás asumiendo que todavía no me he sacado el carné de conducir.

Álex
¿Y lo has hecho?

Gala
No. Pero ese no es el tema.

Además, ¿a Celia le parecería bien?

Da igual. Iré en bus.

Cierro la conversación antes de leer nada más, porque Álex se está comportando como si tuviera un angelito en un hombro y un demonio en el otro y estuviera decidiendo a quién hacerle caso de manera totalmente arbitraria.

Entonces me levanto de la cómoda silla de escritorio que mi madre me regaló las pasadas Navidades para intentar que mi espalda mejorase un poquito, y me dirijo al perchero que tengo en la puerta de la habitación, del que cuelga mi mochila.

Es casi del mismo color que mi pelo y tiene cosidos varios parches que he ido adquiriendo a lo largo de los años: un número 13 por Taylor Swift, un ataúd por Valeria, una calavera por Hamlet y una taza de chocolate caliente y dos butacas de teatro por mí; aunque las mejores de todas son varios símbolos de grupos de rock de los noventa. ¿Por quién? También por mí. Porque, si un señor me para por la calle y me pregunta tres canciones de alguno de los grupos (para sorpresa de nadie, ya me ha pasado), puedo echarme unas risas con la cara que se le queda cuando respondo algo como *Oops!... I Did It Again* o *I Want It That Way*.

71

La cojo, la abro y rebusco en ella hasta encontrar la tarjeta en la que Carol escribió su número. Luego, lo guardo en los contactos del móvil como «Carol 🎭» (sí: una merecida alusión a *La Bella y la Bestia*) y cojo aire para mentalizarme.

Vamos allá.

> **Gala**
> ¡Hola, Carol! Soy Gala. Te escribo para confirmarte que Álex y yo podemos ir el viernes.

Sin embargo, por mucho que espero y espero, Carol no contesta, por lo que decido volver al trabajo y, tras tres horas, cuando el café ha dejado de funcionar y los ojos me pesan más que el mundo a Atlas, me voy a dormir. O, al menos, a intentarlo, porque, un día más, mi queridísimo compi no parece tener intención alguna de dejarme hacerlo.

Maldito *WoW*.

Malditos elfos y malditos gnomos.

Me despierto con la luz matutina colándose por las rendijas de la persiana.

Bostezo y me revuelvo en mi diminuta cama, que me hace arrepentirme cada día de haber sacado tijeras cuando Jose (mi compañero de piso) y yo echamos a suertes quién se quedaría con el dormitorio más grande.

Ahora, él tiene un escritorio de pared a pared, un balcón en su cuarto, un armario doble empotrado y una cama de matrimonio, y yo…, bueno, yo tengo una mesa en la que apenas cabe mi portátil y una taza, un armario con retazos dc pegatinas de futbolistas en su interior y la cama que debió pertenecer al hijo pequeño de nuestro casero.

Al menos, pude mejorarla algo con una pequeña compra en IKEA: coloqué una alfombra de rayas blancas y negras al lado de la cama para tapar un horrible arañazo en el suelo, dos baldas en la pared sobre las que puse varios libros, flores y mis vinilos, una sencilla estantería blanca con más de lo mismo y unas luces de Navidad entrelazándolas y, por último, una pila enorme de cojines a juego con el resto de la habitación y un sencillo edredón gris.

Estiro la mano hasta mi humilde mesita de noche, cojo el móvil y lo desbloqueo. Tengo un (para sorpresa de nadie) audio de dieciséis minutos de Valeria y un mensaje de Carol.

Por supuesto, decido dedicarle mi atención primero a mi mejor amiga.

En su pódcast personal me cuenta que ya está mirando anillos por internet para pedirle matrimonio a Syaoran. Resulta que el chico, al ver en su perfil que estaba interesada en los vampiros, la llevó a un bar cerca de plaza de España en el que sirven un cóctel rojo en una bolsa de transfusión. Me dice también, extrañamente entusiasmada para lo que es ella, que hablaron durante dos horas sobre los gustos de cada uno y que, aunque él no crea en la existencia de los vampiros, no se rio ni la miró como si estuviera chiflada cuando le confesó que ella sí creía en ellos.

Tendré que pedirle que me preste a Syaoran para que le dé algunas clases de introducción a «cómo ser un novio decente» a Álex.

Ya sobre el minuto diez (sí, lo tengo a velocidad 1,5), añade que hoy han quedado otra vez para explorar las tiendas de ropa de segunda mano que hay cerca del centro, ya que Valeria suele encontrar ahí reliquias fascinantes. Luego, cuando no haga tanto calor, irán a patinar.

Un momento. *¿A patinar?*

Tengo que repetir esa parte varias veces, porque no creo lo que estoy oyendo.

Valeria haciendo deporte; ella, que cree que subir los dos pisos hasta su casa cuando el ascensor no funciona cuenta como ejercicio para un mes.

Es verdad eso que dicen de que el amor no tiene límites.

Sonrío a la pantalla y luego bostezo. *Dios, qué sueño.*

Después de frotarme los ojos, me levanto de la cama y salgo de mi habitación en dirección a la cocina. Valeria se merece una respuesta mejor que la que la Gala precafé puede darle.

En el pasillo me topo con Jose, que va hacia el baño, y, aunque trato de ignorarlo, él me habla:

—Gala… —me dice, y me señala.

—¿Qué? —respondo con desgana mientras me rasco la cabeza.

Entonces, miro hacia abajo y lo entiendo todo.

Tengo una maldita teta fuera.

Que vale, no es demasiado grande, pero sigue siendo una teta al aire enfrente de mi compañero de piso.

Suelto un gritito y me doy la vuelta de un salto para solucionarlo. Maldigo el pijama de verano, la persona que lo diseñó, la tela que se usó y, sobre todo, a Amancio Ortega, ya que, aunque no tuvo nada que ver en todo ese proceso, siempre tengo odio de sobra para él.

—No he visto nada —asegura desde atrás.

—Mentira.

—Bueno, sí. Pero, por el bien de la convivencia, haré como si no.

—Gracias —respondo, aunque la vergüenza me impide mirarlo.

—Para servir —dice antes de encerrarse en el aseo.

Me escondo en la cocina, preparo el café deprisa y corriendo y lo llevo de vuelta a mi habitación junto con un bollito de chocolate. Estoy segura de que Bill Clinton sintió algo parecido con lo del escándalo Lewinsky, solo que mi bochorno no se debe a que haya abusado de mi situación de poder, sino a mi maravillosa costumbre de dar cientos de vueltas al dormir.

Tengo que distraerme, así que enciendo el ordenador y me pongo un capítulo cualquiera de *Aquí no hay quien viva* hasta que mi pulso se tranquiliza. Entonces, contesto a Valeria con la mejor respuesta que una mejor amiga puede darle (pidiéndole todos los detalles de su próxima cita y añadiendo algo parecido a «Si, por lo que sea, acabáis mal, me pasas su número») y luego abro la conversación con Carol, que me contestó exactamente a las 3:41.

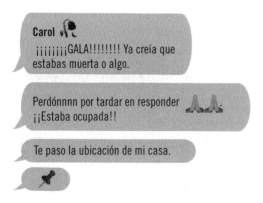

Carol
¡¡¡¡¡¡¡GALA!!!!!!!! Ya creía que estabas muerta o algo.

Perdónnnn por tardar en responder ¡¡Estaba ocupada!!

Te paso la ubicación de mi casa.

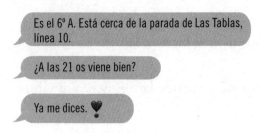

Es el 6º A. Está cerca de la parada de Las Tablas, línea 10.

¿A las 21 os viene bien?

Ya me dices. 🖤

No me cuesta demasiado relacionar la hora de la respuesta con su «estaba ocupada» y deducir lo que estaba haciendo para no responderme antes. Si soy sincera, siento una mezcla entre envidia y repulsión, porque ella estaba pasándoselo en grande con un chico que podría aparecer en un anuncio de colonia mientras que yo me mataba a trabajar; pero, casualidades de la vida, resulta que ese mismo chico es un idiota.

Y yo ya he aguantado a suficientes idiotas a lo largo de mi corta vida.

Gala
¡No te preocupes!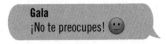

No suelo usar este tipo de emojis, pero es que me convierto en una persona totalmente diferente cuando hablo con gente a la que apenas conozco. Como si ellos fueran una luna llena y yo, una mujer lobo.

¿Qué voy a decir? Una de las maravillas de ser introvertida.

Gala
Allí estaremos. ¿Llevo algo?

Carol no tarda ni dos segundos en responderme.

Carol 🌹
¡Buenos días, Gala! 🌞

Puessssssss… ¡Algo de beber, si quieres!

Enzo va a preparar la cena.

Por eso de que es un poco especial con la comida.

Pongo los ojos en blanco y uso todas mis fuerzas para evitar comentar nada sobre eso, aunque sí que hay algo a lo que le llevo dando vueltas desde que me invitó y que necesito preguntar:

Gala
Oye, si Enzo te dijo que no quería ni ensayar conmigo, ¿cómo lo has convencido para que cenemos juntos?

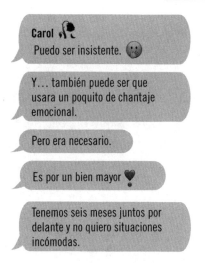

Carol
Puedo ser insistente.

Y… también puede ser que usara un poquito de chantaje emocional.

Pero era necesario.

Es por un bien mayor

Tenemos seis meses juntos por delante y no quiero situaciones incómodas.

Como no es mi relación ni son mis amigos, opto por no decir nada sobre eso.

Gala
Ahh.

Bueno, ¡gracias por todo!

Nos vemos el viernes! 😄

Carol
¡Hasta el viernes! 😁

Capítulo 9

Odio llegar tarde, pero todavía odio más el metro de Madrid.

Ya que tengo que pasarme al menos una hora encerrada en el transporte, me gusta entretenerme con las vistas y, teniendo en cuenta que lo máximo que puede ofrecerme el metro es un aburrido muro, suelo inclinarme por el bus para los trayectos largos. Esta elección, sin embargo, es la causa de mi impuntualidad y de que Álex esté volcando sobre mí toda la rabia que llevaba guardada en forma de numerosos wasaps; aunque, al ignorarlo, me lo imagino gritándole cosas a un pozo sin fondo y el malestar se me pasa rápido.

Cuando el bus está a punto de llegar a la parada, recibo unos mensajes de Valeria.

> Si el Enzo ese se niega a ser majo contigo, me ofrezco a ayudarte a enterrar su cuerpo. Tengo varios sitios mirados.

> Solo necesito un mensaje.

Me río y una señora que tiene toda la pinta de haber estado cotilleando mi conversación me juzga con la mirada, por lo que me veo en la obligación de devolverle otra, como queriendo decir: «¿Qué pasa, está triste porque usted no tiene una amiga que la ayudaría a deshacerse de un cuerpo en caso necesario?».

Ella me ignora y, cuando el conductor abre las puertas, me adelanta como si su vida dependiera de ello.

Juro que Valeria me da buenos momentos incluso sin querer y sin ser consciente de ello.

No obstante, mi felicidad termina pronto. Concretamente, cuando, al bajar del bus, me encuentro con Álex de brazos cruzados, esperándome en la parada.

—Gala, son las nueve y —Mira su reloj— diecisiete.

—Soy consciente de ello. Hemos pillado un atasco —respondo mientras me recoloco el dichoso bolso en el hombro.

Cuando me fijo en él, la foto de Beyoncé llevando un vestido de pasarela junto a Ed Sheeran vistiendo una camiseta y vaqueros aparece en mi cabeza. Y es que, mientras que yo llevo puesta una falda de terciopelo larga y negra y un top oscuro con un estampado de soles y lunas doradas, me he pasado una hora inventándome un nuevo peinado y voy más maquillada que las famosas en una alfombra roja, Álex viste una sencilla camisa granate en la que se lee *Cambridge University* (¿por qué la gente lleva camisetas de universidades a las que nunca ha asistido?), unos pantalones pirata blancos y unas deportivas.

—Si dicen algo, pienso culparte —asegura con una mano metida en el bolsillo del pantalón mientras con la otra revisa su teléfono, el cual ilumina levemente su rostro angular y sus ojos azulados.

—Supongo que es justo —respondo, y me encojo de hombros.

—La casa es esa de ahí —añade, y señala el edificio que tenemos frente a nosotros y que, por su aspecto, no puede tener más de diez años—. Joder, la chica tiene pasta.

—Es un barrio de pasta —me río mientras echo a andar.

Tras unos pasos, esperamos en un cruce hasta que el semáforo se pone de color verde.

—¿Cuál es el plan?

Lo miro e inclino la cabeza.

—¿Plan? ¿Qué plan?

Dios, los pendientes que me he puesto, por muy bonitos que sean, pesan demasiado. ¿Y los moños estilo Sailor Moon? Me tiran tanto del pelo que creo que voy a pasarme la noche rascándome la cabeza.

—No lo sé. Eras tú la que no quería que nos pillasen —aclara segundos antes de llegar al portal—. He supuesto que se te habría ocurrido algo para evitar que eso pase.

—Pues no. Resulta que las entregas de traducción no se hacen solas. Ni el guion se estudia solo. Y los cafés tampoco puede servirlos mi fantasma del pasado. Ni el del futuro. No sé, el que sea que quiera hacer eso.

—Está bien —contesta con una sonrisa discreta. Luego,

llama al telefonillo y, sorprendentemente, Carol no tarda ni diez segundos en responder y dejarnos entrar.

Después de cruzar el patio común que comparte con el resto de los vecinos, que tiene una maldita piscina con toboganes y otra para niños, un huertecito ecológico y un minigimnasio al aire libre, accedemos a otro portal, donde encontramos el ascensor que nos lleva al sexto piso. Nada más acercarnos a la puerta de Carol, esta se abre sin emitir un solo ruido y ella aparece de un salto.

—¡Chicos! Ya creía que os habíais perdido.

Al menos, no soy la única que va vestida demasiado elegante para una cena casual: Carol lleva un precioso y deslumbrante vestido de tirantes de terciopelo blanco y unos tacones que consiguen que me saque una cabeza a pesar de que llevo las plataformas.

Bien; teniendo en cuenta que Álex mide un metro ochenta y dos y que Enzo era un poco más alto que él, soy, oficialmente, el duende de la velada.

—Lo siento. Había atasco —me excuso ya sobre su felpudo en forma de girasol.

Carol nos invita a pasar y se adelanta a nosotros mientras recorremos un interminable pasillo que está decorado con obras de arte abstractas. Casi parece una exposición de galería.

—¿Y qué tal estáis? ¿Cómo os ha ido la semana? —pregunta ella una vez que todos hemos llegado al salón—. Por cierto, Gala, ese top que llevas es para morirse.

—Gracias. Lo mismo digo de tu vestido. —Sonrío. Me despisto por unos instantes a causa del delicioso olor que supongo que proviene de la cocina—. Estamos bien, sí —

añado sin demasiado interés—. ¿Puedo ir a ver qué está preparando Enzo para cenar?

Mi propuesta parece sorprender y agradar a partes iguales a nuestra anfitriona.

—¡Claro! Yo me quedo aquí cuidando de Álex —responde mientras toma asiento en un sofá que se parece demasiado al de la cafetería de *Friends*, solo que en verde pistacho y con la pinta de ser mucho más caro.

Álex sonríe de manera incómoda antes de darme la vuelta. Seguramente parezca absurdo que quiera ir a la cocina en este momento, teniendo en cuenta que allí se encuentra el mismo chico que ha suplicado a su novia no faltar a ningún ensayo para no verse en la obligación de tenerme a mí como pareja; pero prometo que tengo un buen motivo: si a Enzo le da por cocinar únicamente un pollo, un bistec o algo así, yo me quedo sin cena (y, si no como algo cada, aproximadamente, cinco horas, me pongo de muy mal humor. Entonces sí que le daría un motivo real para odiarme).

Sigo el olor y la luz y llego a la cocina rápidamente. Enzo está de espaldas a mí, inclinado y revisando el horno, y, cuando cierro la puerta después de entrar, dice:

—¿Puedes pasarme los trapos que hay sobre la encimera?

Aunque su tono no hostil me parezca extraño e, incluso, aterrador (¿estará planeando matarme como a la bruja de *Hansel y Gretel?*), accedo a su petición y, tras agacharme junto a él para mirar lo que está cocinando, se los doy.

—Aquí tienes.

—Gra… —Antes de terminar de hablar, se gira hacia mí y nuestras miradas se ven atraídas la una a la otra, como si se necesitasen. Tarda menos de un segundo en reaccionar: abre los ojos como platos y se pone en pie de la impresión—. ¿Gala?

Creo que Valeria tiene razón y tengo algún que otro problema que resolver, porque la mera visión de Enzo me paraliza en el sitio, como si hubiera enviado una leve descarga eléctrica por mi cuerpo. ¿Qué clase de brujería es esta y por qué todo le queda tan jodidamente bien? Lleva el pelo recogido en un moño, y un único mechón libre le acaricia la sien izquierda, y su conjunto está cerca de eclipsar el de su novia: viste una elegante camisa negra abierta hasta el pecho y remetida en los pantalones grises y lleva unas botas bajas; todo esto culminado con unos cuantos anillos, un collar que simula una cadena y un cinturón de hebilla ancha.

—¿S-sí? —Me aclaro la garganta—. ¿Sí?

—¿Qué haces aquí? —Sus ojos verdes me acusan como si hubiera cometido algún tipo de crimen.

Está claro que sus sentimientos respecto a mí no eran producto de un mal día.

—¿Carol no te dijo que veníamos?

—Claro que me dijo que veníais. —Me dedica una mirada de desconcierto. Genial, ahora, además de resultarle odiosa, también le parezco idiota. ¿O me odia porque ya se lo parecía?—. Me refiero a qué haces en la cocina.

No sé si cree que tener la apariencia de un dios griego le da derecho a comportarse como tal, pero está bastante equivocado.

—No sabía que estuviera fuera de los límites permitidos —me burlo para tratar de quitarle tensión al momento. Luego le doy a un botón del horno que lleva dibujado un sol y una luz anaranjada se enciende y me muestra lo que hay dentro: una enorme lasaña que, por la pinta que tiene, no es de espinacas.

Preocupada, me levanto y reviso los utensilios que ha dejado Enzo en la encimera: uno con restos de salsa bechamel, otro con algunas virutas de queso y, luego, una sartén con restos de salsa boloñesa, con trocitos de carne incluidos.

¿Por qué le hice caso a Carol? ¿Por qué confié en que nuestro querido cocinero fuera a pensar en mí por un solo segundo?

Me ruge el estómago y me llevo una mano a la barriga. ¿He visto algún supermercado cerca mientras venía? Creo que había uno dos calles atrás, aunque, por la hora que es, ya habrán cerrado.

—¿Qué te pasa? —pregunta, como si realmente le preocupara.

—Sabes que no voy a poder comer eso, ¿verdad? —le respondo. Luego me froto el puente de la nariz para tratar de calmarme. Está bien, Gala. Seguro que hay una solución.

—¿Por qué? —pregunta, y no puedo evitar reírme.

¿De verdad le importo tan poco como para olvidarse de la conversación que tuve justo a su lado? ¿O del plato vegetariano que pedí?

Doy unos pasos hasta el frigorífico, lo abro y examino cada balda minuciosamente: el 98 % de lo que hay es carne y pescado en casi todas sus formas posibles, y el 2 % restante son huevos y un cogollo de lechuga.

Maravilloso.

—Supongo que me haré un sándwich —anuncio tras haberme rendido, pero agradecida por poder cenar algo—. Dime que al menos tenéis pan.

—¿No te gusta la lasaña? —insiste, y está tan tenso que una de las venas de su cuello se manifiesta con fuerza.

—Me gusta la lasaña, pero me gusta más cuando puedo comérmela —contesto, autocompadeciéndome—. Seguramente no te acuerdes, pero soy vegetariana.

De repente, su expresión se relaja y veo en su rostro un atisbo de sonrisa, que aparece y muere tan rápido y es tan brillante como una estrella fugaz. Sin decir nada, abre la puerta del mueble que contiene el cubo de la basura, le quita la tapa y coge varios envases para luego mostrármelos: uno es de carne picada hecha de soja y trigo, otro de queso vegano y, por último, me muestra la cajita de las placas de la lasaña, hechas de arroz y maíz.

—Y yo vegano.

Ah.

Él, Enzo. Vegano.

Un momento, ¿cómo?

Me río por lo bajo casi de manera maníaca y trato de ordenar mis pensamientos.

—Pero… en el restaurante…, en la cena del otro día… —balbuceo mientras trato de ordenar mis pensamientos—. Cuando rechazaste tu plato…

—La camarera trajo un ramen vegano para ti y uno vegetariano para mí. Tendrían que haber sido dos veganos, por eso no quería el mío —explica sin apenas mirarme y totalmente apático—. Carol no quería molestar, así que me pidió que me comiese el que me habían traído.

—Pero el frigorífico… ¿Y la bechamel? —continúo, porque, por muy estúpido que sea, mi cerebro necesita algo con lo que justificar lo equivocada que parece que estaba.

—Por si no lo recuerdas, esta es la casa de Carol. Y la bechamel está hecha con leche de soja. ¿Algo más?

Alargo mi silencio hasta que la alarma del horno lo rompe con un pitido. Entonces, Enzo coge por fin los paños, lo abre y saca con cuidado la lasaña.

Tengo tantos pensamientos revoloteando en mi cabeza que casi parece un panal de avispas furiosas que tratan de darme mi merecido por idiota. Si la escena del restaurante se podría haber interpretado de dos maneras sin contexto, ¿por qué elegí la mala? ¿Por qué no imaginé que podría ser vegano? Joder, podría haberle cambiado el plato sin ningún problema.

Si tan solo él o Carol hubieran dicho algo…

Frunzo el ceño.

¿Por qué Carol le haría comerse algo que no quiere? Se supone que es su pareja y, sea cual sea el motivo por el que Enzo es vegano, debería respetarlo. ¿De verdad pensó que valía más no importunar a la camarera una vez con algo sobre lo que llevaba razón que respetar a su novio?

Da igual. No debería estar desviando la culpa.

Debería asumir mi parte y…

—¿Ya está la cena, cielo? —pregunta Carol tras abrir la puerta—. He escuchado el horno.

Aunque esté prácticamente en el extremo opuesto de la cocina, siento mi estómago revolverse por los nervios, como si me hubieran cazado haciendo algo que no debía.

—Sí —responde él—. Voy a llevarla a la mesa.

—¡Vale! Nosotras llevamos la bebida.

Enzo abandona la cocina sin inmutarse.

—¿Qué, cómo ha ido? —me pregunta Carol a la vez que

abre el frigorífico para sacar unas botellas de cerveza y unas latas de Coca-Cola.

La cantidad de sonrisas falsas que he esbozado esta semana debe ser merecedora de ganar un récord Guinness; lástima que nadie las haya contado. ¿Qué se supone que tengo que decirle?: «Genial, Carol. Antes, tu novio me esquivaba sin motivo, pero me las he apañado para darle uno en menos de diez minutos. Ah, y parece ser que cada vez que lo miro siento que se me para el corazón durante un par de segundos, así que espero que sepas hacer una RCP, porque esta noche tiene pinta de ser larga».

¿Eh?

¿A qué ha venido esto último?

—¿Gala?

—¿Eh? —pregunto mientras salgo de mi cabeza.

—¿Estás bien?

Asiento y, después de coger la mitad de las bebidas, respondo:

—Perfectamente.

Era mentira.

No estoy para nada bien.

De hecho, estoy lo contrario a bien.

Al sentarnos a la mesa, me ha vuelto a dar la sensación de que todo está dispuesto para ensalzar el físico de Enzo: la silla en la que se ha sentado ha acogido su cuerpo como si lo llevara esperando demasiado tiempo, la tenue luz anaranjada sobre nosotros ha teñido sus ojos de un irresistible tono dorado líquido y ha conseguido que su piel parezca más suave que el vestido de Carol. Dios, si hasta cuando ha agarrado una botella de cerveza, sus tendones y venas se han tensado como si estuviera a un segundo de romperla.

Por si esto no fuera suficiente, llevo un rato fijándome en una diminuta mancha de tomate que tiene en la comisura derecha de la boca y, en vez de parecerme gracioso o asqueroso, no puedo parar de pensar en las diferentes maneras en las que me gustaría quitársela.

¿Quién soy y qué me está pasando?

Siento que caigo en picado hacia algún sitio, pero no sé hacia dónde. Solo sé que, una vez que llegue, no habrá manera de volver. Estaré atrapada ahí.

¿Ha sido por descubrir que es vegano? Si es así, alguien tendría que haberme avisado de que enterarme que alguien no come animales muertos lo vuelve cien veces más *sexy*. ¿Por darme cuenta de que no era tan imbécil como creía? ¿O porque cocina maravillosamente bien?

Sea como sea, sigo sin caerle demasiado bien. Y puedo asegurarlo porque, en la media hora que llevamos cenando, no me ha mirado ni una sola vez y no ha respondido a ninguna de mis preguntas dirigidas a él y a Carol.

Cuando damos por finalizada la comida, todos nos levantamos para ayudar a recoger los platos. Luego, Carol sugiere tomarnos unas copas y Álex se ofrece a prepararlas. Mientras tanto, Enzo se excusa para salir al balcón y, después de unos minutos, lo sigo.

—Hey… —murmuro mientras cierro la puerta corredera.

Por supuesto, el balcón de una casa así cuenta con una mesa, un cómodo sillón, una barbacoa y un banco-columpio.

Él, que está apoyado en la barandilla hablando por teléfono con alguien, cuelga de inmediato al oírme.

Perfecto. Sigo sumando puntos.

—Siento haberte molestado —me excuso, y me siento sobre el reposabrazos del sillón. Luego me llevo un mechón de pelo detrás de la oreja—. No pretendo que pienses que te estoy acosando ni nada por el estilo. —Aprieto los labios porque, pensándolo bien, sí que parece que lo estoy haciendo—. Solo quería pedirte perdón en privado por haberme comportado como una niña. Ah, y darte las gracias por cocinar. Estaba muy bueno.

Enzo me mira fijamente, sin decir nada. No ha encendido la luz del balcón, por lo que lo único que me ayuda a distinguir su figura son las farolas de la calle y la luna.

Dejo pasar los segundos, pero, al asumir que no voy a recibir una respuesta, me levanto, sacudo la falda y me preparo para volver a entrar al salón.

—Comprensible. —Me río mientras me giro.

—De nada, Gala —responde con su voz grave y apacible cuando poso la mano sobre el pomo—. Aunque, si quieres devolverme el favor, te pediría que me evites, y que rechaces cualquier tipo de invitación que nos incumba a ambos, sobre todo si viene de parte de Carol. Cree que puede arreglar cosas que no tienen arreglo.

Aprieto los dientes y, todavía de espaldas a él, asiento.

—Claro.

Capítulo 10

Durante la historia del teatro y la televisión, ha habido cientos de actores que han detestado a un compañero con el que han compartido escena durante meses: unos por diferentes puntos de vista sobre el trabajo, otros por su actitud, por traiciones... Y luego estoy yo.

A mí me odian sin motivo. Por existir, de hecho, hasta donde yo sé.

Sí, la pasada noche la cagué, pero eso solo se añadió a lo que ya había. Lo cual, aparentemente, continuará siendo el secreto mejor guardado del mundo, junto con la receta de la Coca-Cola.

—No sé qué decirte, Gala —me responde Valeria al otro lado del teléfono. Por mucho que haya insistido en que podía llamarla luego, no me ha dejado. Y eso que está en medio de una cita con Syaoran—. A veces la gente te cae mal sin ningún motivo. ¿Te acuerdas de Emily, la chica con la que compartía piso en Liverpool? Fue escucharla hablar una vez y juro que la odié con todo mi corazón.

Aprovecho el micrófono de mis cascos para hacerme un moño rápido. El calor que hace en Madrid en verano no debería ser legal.

—Ya. Pero es que yo necesito saber por qué. Sabes cómo soy. —Esquivo a una persona en una de las aceras estrechas de La Latina—. Me afecta físicamente no saber las cosas.

—Sí. El estómago revuelto y eso —responde e, inmediatamente, escucho el crujir de un helado—. Pero es que esto no debería importarte —añade mientras mastica.

—Bueno, pues lo hace. Voy a verlo dos tardes a la semana durante todo el verano. Es una situación incómoda.

—También es incómoda porque no paras de pensar en lo bueno que está.

—¡Valeria!

—¿Qué? —dice, totalmente seria.

—Uno: te está escuchando Syaoran. Dos: tiene novia. Tres: me odia. Cuatro: Eh… —Me arrepiento en ese momento de haber hecho la lista más larga de lo necesario—. Todas las anteriores fusionadas.

Escucho por fin la risa de mi amiga.

—Vamos, Gala. A Syaoran le da igual, ¿verdad? —Escucho un «sí, claro» demasiado adorable a lo lejos—. Y el resto tiene solución.

Me quedo parada en medio de la calle.

—¿Que lo de Carol tiene solución? Pero ¿en qué crees que estoy pensando?

—Por tu audio de anoche, en lamerlo de arriba abajo.

Me paso una mano por el pelo y sigo andando. Aunque la brisa que me da en el rostro es más caliente de lo que me gustaría, es mucho mejor que nada.

—Ya. Porque, aunque no tuviera novia, el hecho de que me odie lo hace todo mucho más fácil.

Valeria muerde de nuevo su helado. Maldita sea, daría lo que fuese por estar sentada junto a ella en el interior de alguna heladería disfrutando del aire acondicionado y una buena tarrina de dos bolas con sabor a Kit-Kat y Ferrero.

—Como si el odio hubiera frenado a muchas personas de meterse con otras en la cama.

Mientras me río, me doy cuenta de que he llegado al teatro. Así que desconecto los auriculares y me llevo el móvil a la oreja.

—Oye, Val, tengo que dejarte ya. Disfruta de la tarde y dile a Syaoran que siga siendo igual de bueno contigo. Luego hablamos, ¿vale?

—¿Vienes al final a mi casa?

—No lo dudes —aseguro antes de colgar aún con la sonrisa grabada en la cara.

Entro al teatro y lo cruzo hasta llegar a la sala en la que ensayamos, donde me encuentro con los demás. Luego me acerco al pequeño círculo compuesto por Lisa, Sergio y Álex.

—¡Gala! Vamos a empezar en nada —me saluda Lisa. Al igual que yo, hoy ha decidido recoger su enorme mata de pelo en una trenza de espiga.

—Genial —digo mientras dejo el bolso sobre una butaca.

Sergio y ella nos miran a Álex y a mí como si esperasen algo de nosotros. Al parecer, Álex lo entiende antes que yo, porque no tarda en rodearme la cintura con un brazo y acercarse a mi oreja.

—Aquí tenemos que fingir un poquito mejor —me susurra y al momento se despega de mí.

Juraría que he pillado a Enzo mirándome de manera fugaz desde cerca de la puerta, donde está con Carol. Aunque habrán sido imaginaciones mías. O deseos. Sea lo que sea, no puede ser real.

—¡Bien, chicos! —anuncia Nicolás, que sacude el guion en el aire como si fuera una campana y nosotros sus mayordomos—. El primer ensayo de hoy será sin parar, sin importar lo que salga mal. Quiero apuntarlo todo. En el segundo, será todo igual solo que con la pareja de reserva. Y, si tenemos tiempo, habrá un tercero con un mix entre la pareja principal y la de repuesto en el que os empezaré a dar directrices. Hoy serán... —Mira el guion—... Carol y Álex. Mañana haremos lo mismo con Gala y Enzo. ¿Alguna duda?

Doy un paso hacia delante.

¿Que si tengo alguna duda?

Pues sí. De hecho, querido director, tengo un aluvión de ellas.

¿Estás siendo controlado por mi amiga Valeria, que está intentando juntarme con Enzo? ¿Es esto parte de una enorme broma y tengo que esperar cámaras tipo *The Office* de un momento a otro? ¿Qué te he hecho y por qué yo?

Si esto hubiera sucedido en una situación normal, me habría emocionado por la oportunidad (no os imagináis la experiencia catártica que es admirar a tu compañero de escena mientras actúas a su lado), pero es que no lo es. En su lugar, voy a tener que actuar como una chica que se enamora poco a poco de él mientras soy consciente de que él preferiría estar bebiendo agua del estanque de El Retiro antes que estar ahí conmigo.

Como es de esperar, nadie dice nada.

—¡Pues empezamos! —anuncia Nicolás, y todos suben al escenario excepto Álex y yo, que nos sentamos en las butacas de primera fila.

La obra se desarrolla sin interrupción alguna. La mayoría de los actores sujetan en una mano el guion, ya que no ha habido tiempo suficiente para aprenderse ningún papel; pero, aun así, aunque sea uno de los primeros ensayos, no puedo evitar sentirme afortunada de presenciarla como público. Me gusta ver los trucos de cada uno para representar diferentes emociones: me maravilla la sencillez que tiene Lisa al modificar su tono de voz para que vaya acorde con su personaje, el increíble porte de Sergio aun vistiendo ropa de calle y lo bien que proyecta la voz la actriz que hace de la señora Bennet.

Sin embargo, todo esto se queda en nada cuando Enzo sale al escenario. Consigue, de alguna manera, que todos los actores con los que comparte escena desaparezcan, que el espectador no pueda mirar a nadie más que a él. Cada una de las palabras que salen de su boca parece ser parte de la poesía mejor escrita y, a su vez, se convierten en la música perfecta para cada uno de sus movimientos.

Entonces, cuando creo que lo que he visto es totalmente insuperable, llega la escena final entre Elizabeth y Mr. Darcy y, aunque Carol no lo haga nada mal, la parte de Enzo me deja sin aliento. Su mirada se transforma por completo en la de un hombre arrepentido pero lleno de esperanza, uno que ama con todo su corazón a la persona que tiene delante y que está aterrado por sus posibles respuestas, dado que una de ellas podría significar perder lo mejor que le ha pasado nunca.

Al finalizar, siento un hueco en el pecho. *Necesito* pedirle a Nicolás que permita a Enzo actuar una vez más, porque lo que acabo de ver no ha sido para nada suficiente. No entiendo absolutamente nada de ciencia, por lo que no sé siquiera si es posible, pero verlo actuar ha creado en mi cuerpo una sensación parecida a la que debe de sentir la gente con adicciones.

Agarro con fuerza los reposabrazos, tanto que mis nudillos se vuelven totalmente blancos.

Lo odio.

Lo odio como nunca he odiado a nadie.

Lo odio por desagradable.

Lo odio porque él me odia sin causa alguna.

Lo odio porque no tengo duda de que, en el ensayo de mañana, arruinará la mejor experiencia actoral que podría haber tenido en mi vida.

Pero, sobre todas las cosas, lo odio porque acabo de empezar a contar los minutos que quedan hasta que pueda ser la Elizabeth de su Darcy.

Al abrir la puerta de la habitación de Valeria, me encuentro con una escena que se me quedará grabada a fuego durante el resto de mi vida.

Mi amiga ha convencido a Syaoran para que, después de hacerse dos pequeñas incisiones en la muñeca con ayuda de una aguja de coser, él beba de ella cual vampiro.

Por supuesto, no soy nadie para cuestionar los gustos sexuales de otros, y mucho menos los de una de las personas que menos juzga. Pero hay cosas que es mejor no saber, no imaginar y mucho menos ver, por muy consentidas que sean.

—¡Valeria, por Dios! —grito antes de dar un portazo. Zoe, que pasa por el pasillo escuchando música en sus cascos se ríe, como un eco—. ¡Podrías haberme avisado! —le recrimino, aún con el pulso acelerado.

Ella se retira un casco de la oreja para poder hablar mejor.

—¿Y qué gracia habría tenido entonces? —responde con una sonrisa de lo más traviesa.

—¡Zoe, te juro que mi venganza será terrible! —grita Valeria desde el otro lado de la puerta.

—¡No puedo esperar! —se burla ella antes de entrar en su cuarto.

Tras unos cuantos segundos, Valeria abre la puerta. Lleva una de sus camisetas del revés, con la etiqueta por delante, y una minifalda con flecos negros.

—Perdona. Se nos ha hecho algo tarde. —Su pintalabios negro está algo corrido, pero, sorprendentemente, el resto de su maquillaje está en perfecto estado. ¿Ha dominado el arte del calentón?

Me recompongo como puedo. Quiero echarme un cubo de agua fría a la cara para mitigar el susto, pero recuerdo que yo también voy maquillada. Específicamente, con una base ligera, *eyeliner* negro y colorete.

—Me debes, al menos, veinte sesiones con mi psicóloga. Esto va a ser un trauma para toda la vida, Val.

—Dejémoslo en cuarenta sesiones nocturnas de las nuestras. —Sonríe—. No te molesta que esté Syaoran aquí, ¿no? —susurra.

—No, no —respondo por lo bajo. Mi respiración se calma poco a poco——. Cuanto más público para escuchar mis dramas, mejor.

Valeria asiente y me ofrece pasar. Afortunadamente, la ventana está abierta y por ella se cuela una agradable brisa nocturna, lo que me ahorra tener que soportar el cálido ambiente postacción sexual (sea la que sea que haya sido). Por otro lado, la televisión está apagada, la potente luz blanca del flexo, encendida y las sábanas burdeos, revueltas.

Syaoran está sentado sobre una esquina de la cama, está despeinado y tiene los labios húmedos y teñidos de rojo en algunas partes. Me recuerda a Enzo y su mancha de tomate, aunque la suya se deba a algo mucho menos vegano.

—Siento haberos interrumpido… Eh…

—No pasa nada —dice, y se relame el labio inferior para limpiarse. Extrañamente, me ha parecido más erótico que desagradable——. Ha sido nuestra culpa —añade mientras me tiende una mano——. Soy Syaoran.

Es considerablemente más guapo en persona que en foto; en la imagen tenía la típica apariencia de *fuckboy*, pero, al tenerlo delante, me doy cuenta de que se debía al ángulo y a su expresión. En realidad, tiene un rostro hogareño, como una chimenea en invierno. Con que sea medianamente decente, Valeria ha ganado la lotería de hombres de este año.

—Gala —digo, y se la estrecho——. Pero estoy segura de que ambos sabíamos ya el nombre del otro.

Él sonríe y agacha la mirada.

—¿Qué?, ¿qué te parece? —pregunta Valeria mientras le da un repaso de arriba abajo.

Me giro hacia ella como una muñeca poseída.

—Sabes que está justo delante de nosotras, que nos está escuchando y que el chico no es un personaje de una serie que podamos calificar, ¿no?

Creía que lo de mañana en el teatro con Enzo sería una situación incómoda, pero esta está ganando puntos de manera desmesurada.

—No vas a decir nada malo sobre él porque no puedes. Es literalmente imposible —dice Valeria con una seriedad pasmosa—. Y estos pocos días me han enseñado que le encantan los cumplidos.

Miro a Syaoran.

—Lo siento —murmuro moviendo la boca; espero que sepa leerme los labios.

—No te preocupes —dice en alto y entre risas—. Me estoy acostumbrando a Valeria y a sus salidas.

—Y yo te lo agradezco —responde ella de forma sincera. Luego, se dirige a mí—. ¿Y bien? ¿No somos la pareja más adorable y, a su vez, más castigada por la sociedad? —Syaoran se vuelve a reír—. Lo digo en serio. Debería de haber puntos o algo. Tú, un hombre chino y trans y yo, una mujer negra. Los ganaríamos todos.

—Hacéis una pareja maravillosa —aseguro mientras me siento en la silla—. De hecho, me dais tanta envidia que estoy pensando en hacer un viaje a Transilvania a ver si encuentro a algún vampiro para convencer a Valeria de dejarte —bromeo.

Syaoran aspira aire entre los dientes.

—Uh. Por un vampiro lo haría totalmente.

—No lo dudes ni por un segundo —contesta ella antes de tumbarse de lado y de poner las piernas sobre los muslos de Syaoran——. Vale. Estoy lista. Cuéntame cómo te ha ido.

Syaoran asiente. Se le ve realmente preparado para lo que sea que vaya a contar. ¿Le habrá puesto Valeria al día?

¿Por qué lo pregunto? Conociéndola, por supuesto que lo ha hecho.

Cojo una bocanada de aire y me preparo para hablar.

—Bueno, ehm… En resumen, Enzo no me ha mirado ni una vez, y ni mucho menos me ha dirigido la palabra, lo que hace bastante cómico el hecho de que el director haya pensado que será buena idea que ensaye mañana con él. —Apoyo la cabeza sobre el respaldo de la silla y me hundo en ella, resoplando.

—Enzo es el chico que te gusta pero que tiene novia, ¿no? —pregunta con su adorable tono de voz Syaoran, que mira a Valeria y luego a mí esperando una confirmación.

Me revuelvo tan rápido en el sitio que casi consigo tumbar la silla.

—Pero ¿¡qué historia paralela le has contado!? —exclamo acusando a mi amiga.

—Yo le he contado la verdad. Esa ha sido su interpretación —se justifica Valeria, que tiene las manos entrelazadas sobre la barriga—; la cual, por cierto, coincide con la mía.

—No siento nada por él. Lo conozco desde hace unas dos semanas.

Syaoran sonríe e inclina la cabeza.

—Por aquí estamos en una situación parecida —me recuerda—. Aunque no me refería a gustar de sentimientos, sino de físico.

—Ah. Eso.

Valeria arquea ambas cejas.

—¿Ves? No lo niegas.

—Bueno. —Me aclaro la voz—. Ese no era el tema.

—Está bien —dice Valeria—. Entonces, ¿tu problema es que vas a actuar mañana con él?

—Sí.

—¿Actúa mal? —inquiere Syaoran.

La duda me hace sentir un pequeño pinchazo en el estómago. No. Por supuesto que Enzo no actúa mal. La respuesta se ha vuelto tan obvia para mí que me ha parecido como si me preguntara algo como «Dos más dos son siete, ¿verdad?».

—No —aseguro mientras niego con la cabeza y sonrío de manera inconsciente al recordarle como Mr. Darcy—. De hecho, verlo actuar es como un regalo. Es… —Hago una pausa para ordenar mis pensamientos y, al darme cuenta del resultado, siento que una extraña sensación recorre mi cuerpo. Se parece al miedo, pero es uno endulzado y burbujeante—. Dios. Ahora lo necesito. —Me agobio y me llevo ambas manos a las mejillas—. Estoy mal de la cabeza, ¿verdad? Decidme que estoy mal de la cabeza.

—Yo no juzgo.

—Yo tampoco —dice Syaoran—. Además, parece un sentimiento bonito. A mí me pasó con un ilustrador que encontré en YouTube y…

—¿Te gusta el arte? —pregunto, desviando la conversación para dejar de pensar en Enzo.

Valeria me dedica una sonrisa satisfecha.

—Es artista.

—¿Puedes dejar de ser el hombre perfecto, por favor? —le suplico mientras hago un puchero.

—Solo lo soy porque no soy cis.

—Cierto —contestamos Valeria y yo al unísono.

Los tres estallamos en risas durante un buen rato y, cuando nos recomponemos, escuchamos el timbre de la casa. Después de que Valeria recoja las *pizzas* que había pedido como sorpresa, vuelve a la habitación y deja dos cajas sobre la cama: una cuatro quesos para mí (sin queso azul, porque huele y sabe a calcetín sudado) y otra barbacoa para ellos.

Valeria se recoge las trenzas en un moño (que, al ser negras y rojas, conjuntan perfectamente con su ropa) y procede a hacerse con la primera porción de su cena.

—Sigo sin verle lo malo a actuar con él —dice ella antes de hincarle el diente.

Me acerco para coger mi *pizza*.

—Pero ¿tú me has estado escuchando?

—Sí. Y, mejor aún, he sido racional al respecto —se burla de mí mientras mastica. Syaoran la escucha, atento, con sus oscuros ojos clavados sobre ella—. A ver; él te ha pedido que, básicamente, lo evites cuando puedas.

—Ajá.

—Pues lo de mañana no depende de ti. Y es inevitable a no ser que queráis darle unas cuantas explicaciones incómodas a vuestro director. —Syaoran asiente a la vez que ella le da otro bocado a la *pizza*—. En vez de sufrir por ello, sácale provecho. Es el único momento en el que puedes relacionarte con él. Enséñale a no odiarte. No: enséñale a admirarte.

Dejo mi porción sobre una de las servilletas que el restaurante nos ha regalado. Son de color marrón y tienen grabada una graciosa silueta de una *pizza* que hacer girar con la mano otra *pizza*.

—¿Cómo voy a enseñarle nada si lo único que puedo decirle son las frases de un guion?

Valeria se limpia la boca con su servilleta.

—Él ha conseguido despertar todo tipo de sentimientos en ti haciendo precisamente eso. Estoy segura de que eres una actriz capaz de lo mismo, e incluso de más. Usa las palabras de la obra a tu favor. —Me mira como desafiándome y la purpurina roja de sus párpados reluce—. Conviértelas en todo aquello que quieres decirle pero no puedes.

Capítulo 11

El primer y segundo ensayo han terminado, lo que significa que es el turno del mío junto a Enzo.

A riesgo de parecer una demente, debo confesar que lo he cronometrado. Desde el momento en el que Nicolás grita «¡Empezamos!» pasan, aproximadamente, dieciocho minutos hasta que Mr. Darcy y Elizabeth entablan conversación.

Dieciocho minutos.

Dicho así, no parece nada. Pero para mí son una eternidad.

Al salir al escenario a mitad de la primera escena, me siento en una mesa que Raquel ha dispuesto y procedo a fingir que coloco un lazo alrededor de un sombrero que es en realidad una pamela playera de la actriz que hace de la señora Bennet.

Tal como indica el guion, mantengo silencio mientras una conversación se desarrolla al frente. Las luces anaranjadas y templadas me acarician la cara, los brazos y las piernas y todo el patio de butacas se convierte en una gran mancha oscura.

Entonces, en cierto momento, miro hacia la derecha, hacia los bastidores, y mis ojos encuentran los de Enzo. Son fríos, severos y evasivos. Aun así, hay algo en él que me transmite lo contrario. Sin embargo, si alguien me preguntara lo que es, sería totalmente incapaz de ponerlo en palabras, lo cual, pensándolo bien, no me deja en muy buena posición como actriz que ha aprendido a expresar de diferentes maneras casi todos los sentimientos existentes.

Abro y cierro varias veces las manos, nerviosa.

Tengo que parar.

Primero, porque esto no puede ser sano. De hecho, de poder contárselo a mi psicóloga, estoy segura de que sería lo primero que me diría al respecto, y, segundo, porque tengo que concentrarme en lo que estoy haciendo. Actuar no es una de esas cosas que se pueden hacer mientras piensas en otra.

A pesar del constante hormigueo en el estómago, trato de centrarme en la función y las escenas siguen pasando hasta que llega la séptima. En ella, hablamos con otros personajes sobre la lectura y lo preparadas que están las chicas jóvenes.

—No puedo presumir de conocer a más de media docena en mi amplia gama de conocidas que sean realmente instruidas y cultivadas —dice Enzo, refiriéndose a esas chicas.

—Una mujer debe poseer un intenso conocimiento de música, canto, dibujo, baile y lenguas modernas para merecerse el mundo y, además de esto, también debe tener ese cierto algo a la hora de caminar, en el tono de su voz, su manera de dirigirse a otros y sus expresiones, o solo merecerá el mundo a medias —declara la actriz que hace de Louisa.

Enzo recorre las espinas de los libros de una pequeña librería improvisada con el dedo índice y, sin dirigirse a nadie en especial, dice:

—A todo esto debe de añadirle algo más considerable: el perfeccionamiento de su mente a través de la lectura.

Es mi turno y, por primera vez, me voy a dirigir directamente a él. Tengo que hacer lo que Valeria me aconsejó. Tengo que aprovecharlo.

Me coloco a su lado, con la espalda hacia la librería. Nuestros brazos están a escasos centímetros de tocarse, pero cada uno miramos en una dirección diferente.

—Me sorprende que conozca a seis mujeres realmente instruidas y cultivadas. Me pregunto si conoce a una siquiera —digo en un tono casi cruel, mirando hacia el centro del escenario, ya que estamos en la parte derecha.

He dicho mi línea con verdad, dudando tanto de su personaje como de él mismo.

Para mi sorpresa, él se gira hacia mí y me mira.

Me mira y, solo con eso, todo a mi alrededor se vuelve verde enebro y todo huele a su colonia amaderada.

—¿Acaso eres tan inclemente con tu propio sexo como para dudar de la posibilidad de ello? —me pregunta ladeando la cabeza levemente hacia la izquierda, y me devuelve el golpe por dos. Su voz es rígida y segura, y su expresión, impenetrable.

Abro la boca, pero lo único que la abandona es un aliento. Me tiemblan las manos y los labios. Enzo es una fuerza de la naturaleza, un huracán, y yo, una caseta hecha de paja.

Amenaza con derrumbarme y, en vez de querer luchar contra ello, lo único en lo que puedo pensar es en derrumbarme con él.

—¿Gala? —pregunta Nicolás, y el momento se rompe en mil pedazos, como si fuera un cristal congelado en el tiempo.

—S-sí —contesto. Me recupero, elevo la barbilla e intento continuar. Enzo no se ha salido del personaje ni por un segundo—. Nunca vi a tal mujer. Nunca vi tal capacidad, gusto, dedicación y elegancia unidas, como usted describe.

Louisa comienza a hablar y, en ese mismo instante, Enzo da un paso hacia atrás para darse la vuelta, como si nada hubiera pasado y todo estuviese bien; como si no se hubiera dado cuenta de lo que acaba de suceder.

Y todo vuelve a ser vacío y dolorosamente igual que antes.

En el vestuario, mientras me retoco el maquillaje y me arreglo la peluca (no, por mucho que me insistan, no me la voy a quitar antes de llegar a casa), Carol se acerca a mí y se coloca en el espejo de al lado. Entonces, una punzada de amarga culpabilidad se extiende por mi pecho, como si me hubieran envenenado.

¿Por qué me siento así si no he hecho nada?

—Has estado increíble, Gala. Me he quedado embobada viéndoos a ti y a Enzo. Bueno, sobre todo con él, pero ya me entiendes —dice de manera juguetona mientras se quita el pintalabios para volver a reaplicarlo. Hoy lleva una diadema de color canela y un conjunto verde y blanco.

Sonrío, agradecida.

—Gracias, pero… no —digo mientras guardo el *eyeliner* en mi pequeña bolsa de aseo con estampado de flores grises—. Me he trabado varias veces y… —Me muerdo el labio inferior, porque no puedo decir en alto el motivo.

—Todos nos hemos trabado o nos hemos olvidado de lo que teníamos que decir. —Se ríe—. Yo me refiero a que… Bueno, me he creído todo lo que decías. Me he creído cada movimiento, cada mirada… Me has puesto los pelos de punta.

Antes de que pueda responder, Carol hurga en su bolsa y se da cuenta de que le falta algo.

—¡Ay!, me he dejado la vaselina en la butaca. —Se da la vuelta para salir de la sala y, al abrir la puerta, se encuentra con Enzo—. Me he olvidado algo fuera —le dice después de un rápido beso en los labios; algo que, aunque no tendría que hacerlo, provoca que el estómago me dé un vuelco—. ¿Tú ya estás?

—Sí —anuncia él, apoyado sobre el marco de la puerta. Lleva el pelo negro mojado y perfectamente recogido, aunque no puede ocultar sus ondas—. Te espero aquí.

De no saber que hay una puerta trasera por la que también se puede salir a la calle, creería que ha decidido quedarse por mí, ya que soy la última que queda en el vestuario.

Carol asiente y se marcha, y yo decido ignorarlo (algo realmente complicado, ya que su mera presencia amenaza con arrastrar a los que se encuentren a su alrededor como un maremoto), de modo que continúo con mi ardua tarea de tratar de recogerme la peluca de una manera que no grite a los cuatro vientos que llevo puesta una peluca.

Como era de esperar, los segundos se arrastran por el suelo, por el techo y por las paredes, rogando que los aprovechemos, y no tengo otra alternativa que tratar de silenciarlos.

Pero Enzo no lo hace.

—Gala —dice casi en un murmuro; por su tono, casi me recuerda a una súplica.

Reúno las fuerzas suficientes para volverme a mirarlo, a pesar de saber el efecto que eso tiene en mí.

—¿Qué? —respondo.

—Lo de hoy… —Abre levemente los labios. Su actitud es totalmente serena y casi apática—. No deberías volver a hacer eso.

Vale, eso sí que me ha molestado. ¿Se cree que puede ir por la vida dándome órdenes? ¿Quién se cree? ¿Mi jefe?

—Siento mucho si mi presencia te molesta tanto —lo interrumpo; porque, por mucho que lo admire (física y teatralmente) no voy a soportar más desprecios sin sentido. Las palabras se escurren de mi lengua sin cuidado alguno—. Te prometí evitarte, y también rechazar cualquier plan que nos involucrara a ambos, pero no haré nada más para complacerte. No voy a hacer nada con respecto a los ensayos. No voy a arriesgarme con esto; algo con lo que, por cierto, llevo soñando toda mi vida. —No sé de dónde está saliendo esta actitud altanera, pero era justo lo que necesitaba—. Sinceramente, te aguantas. Eres ya todo un hombretón, ¿no? Pues lidia con ello como tal.

Sonríe, pero es una sonrisa demasiado tirante, demasiado formal.

—No me entiendes.

Recojo mis cosas y, antes de empezar a andar, me doy cuenta de que la vaselina de Carol estaba en el suelo. Me agacho, la agarro y me dirijo a la salida.

—Entender los motivos de un chalado solo significaría que yo me he convertido en una —declaro mientras estampo la vaselina sobre su torso para que la coja—. Buenas tardes.

Sin pensar en nada, salgo por la puerta de emergencia y dejo atrás parte de la tristeza que he sentido por lo que acaba de pasar. Una tristeza que, cuando mire atrás, estoy segura de que veré alargándose como una sombra, tratando de engullir a Enzo por considerarlo el culpable de todo.

—Ojalá hubiera visto su cara cuando le dijiste eso —dice Valeria por teléfono.

—Lo mismo digo, pero, si me hubiera quedado, habría perdido el efecto dramático —respondo mientras doy un sorbo a mi batido de chocolate y vainilla. Sí, lo admito: a veces, cuando no hay clientes en la cafetería y estoy realmente ansiosa, me sirvo lo primero que pillo—. ¡Dios, es que…! —Doy otro sorbo—. ¡Me sacó de quicio! Se quedó ahí, mirándome con esa actitud de «soy el dueño del mundo y puedo hacer lo que quiero» y… —Emito un gruñidito.

Como si fueran parte de una de las tartas, los colores rosados, azules y anaranjados del crepúsculo se deslizan a través de las enormes ventanas. Juraría que uno de los muchos tonos de violeta que han surgido de tal mezcla es el mismo que llevo en el pelo.

—Quizá hay algún tipo de elección de personalidad que los hombres heterosexuales tienen que hacer al alcanzar la mayoría de edad —suelta Valeria y, por su tono, sé que ha comenzado a elucubrar una de sus teorías—. Algo así como una pantalla de videojuego, ¿sabes? Opción A: hombre enfadado con todo el mundo sin motivo aparente; opción B: hombre que se cree superior y hace de eso un problema para los demás; opción C: hombre con traumas o con el corazón roto que busca que las mujeres se conviertan en su terapeuta personal, y opción D: hombre cuqui y con energía de *golden retriever*. No es un trozo de mierda y encuentra belleza en las cosas pequeñas, como un huevo de dos yemas o un osito de gominola sin cabeza. —Hace una pausa—. No hace falta decir que la mayoría no eligen la D, porque creen que con esta no van a ligar.

Casi me atraganto con el batido.

—¿Y dónde encajan los vampiros? —pregunto entre risas, algo más calmada.

—Gala —responde totalmente seria, como si la hubiera ofendido con la pregunta—. Los vampiros son seres inmortales. Nadie sería heterosexual durante tanto tiempo.

—Ah —contesto, pretendiendo que entiendo su lógica; aunque, a decir verdad, es bastante convincente—. Por cierto, Syaoran es totalmente la D.

—Y Enzo tiene pinta de ser un mix de las tres primeras, lo cual no es muy bueno para ti.

Suspiro y abro la tapa de la tarta Wonderland para disfrutar de su olor dulzón a chocolate, cereza y crema de Oreo (no me juzguéis; como habéis podido comprobar, uso el azúcar como calmante).

Me gustaría que las cosas no fueran tan complicadas. Que no experimentara sentimientos tan contradictorios cada vez que lo veo y hablo con él, que no sintiera el hostil invierno en media parte de mi cuerpo y el efervescente verano en la otra. Me gustaría que Enzo se hubiera limitado a encajar en el papel de *conocido con novia por el que suspiro y al que admiro a partes iguales*. Pero no.

Porque las cosas nunca son así de sencillas.

En ese instante, el momento estoy-cabreadísima-y-tengo-que-contárselo-todo-a-mi-mejor-amiga se disipa como la resaca del mar y deja tras de sí otra verdad.

Una que desearía ignorar.

Pero no puedo.

—¿Cómo de jodida estoy si te digo que, en realidad, creo que tiene pinta de ser también la D y que solo es las demás conmigo?

—Podrías tener razón —responde Valeria—. Por lo que cuentas, con el resto no tiene ningún problema. —Oigo el característico chirrido de la silla de su escritorio y, luego, el principio de una canción. Estoy segura de que es una de la banda sonora del videojuego *Vampire: The Masquerade*.

—¿Y qué hago? No puedo no hacer nada.

Ella se queda en silencio durante unos segundos en los que solo escucho la melodía del videojuego.

—A ver, mi consejo de amiga maravillosa debería de ser algo como —cambia de tono a uno realmente cabreado—: «¡Como si ha invertido todo su maldito dinero en una protectora de animales, si te trata así, no merece la pena!», pero es que el consejo de amiga curiosa vale más.

Me río.

—¿Y cuál es el consejo de amiga curiosa?

—Descubre por qué eres la única con la que no es la opción D.

ENTREACTO

seguir que Enzo me admire y de descubrir por qué me trata diferente.

Durante las semanas que quedaban del mes de junio y todas las del mes de julio, las únicas palabras que hemos intercambiado han sido sobre el escenario. Es cierto que, aunque su mirada ha continuado siendo tan gélida y cortante como un trozo de hielo afilado, ha habido ocasiones en las que me he preguntado si todo era parte de un acto mucho más grande que la misma obra de teatro. Y es que, a veces, lo que yo interpretaba como su odio lo consumía de la misma manera que parecía querer consumirme a mí. Por ejemplo, cuando, por directrices del guion, tenía que pasar una mano por mi cintura para que bailásemos, lo hacía con tal recelo que parecía que mi cuerpo quemase y estuviera aterrado de arder junto a mí.

Sí, sé lo que parece: meros delirios de una ilusa, pero prometo que era lo que sentía. Sin embargo, estos momentos eran tan fugaces, tan pocos y tan insignificantes que solo me permitían engañarme durante unas cuantas horas.

El resto pesaba demasiado.

Aun así, no me molesta verlo ensayar ni que él me vea a mí. Tampoco me siento incómoda cuando Nicolás nos pide hacerlo juntos. De hecho, ha pasado a ser algo que espero con una impaciencia que me devora poco a poco por dentro. Actuar con él se ha vuelto mi pequeña adicción secreta porque, cada vez que el mismo foco nos apunta a ambos, o cuando lo miro a los ojos y le digo algo como «Mr. Darcy, mis sentimientos han atravesado un gran cambio desde que lo conocí», siento como si estuviera experimentando todas mis cosas favoritas en el mundo al mismo tiempo. Estoy viendo un cielo estrellado, escuchando las olas del mar morir y oliendo libros antiguos. Lo siento todo a la vez. Siento una corriente fría y otra caliente, y siento que quiero resucitar a Jane Austen para que escriba una segunda, tercera y cuarta parte de *Orgullo y prejuicio* para poder seguir representándolo durante mucho más tiempo.

Carol ha vuelto a invitarnos a su casa a Álex y a mí, pero, tal como prometí, la he rechazado cada vez que nos ha invitado. Creo que, aunque no lo diga, Carol sabe muy bien por qué lo hago. Y también que seguiré respondiéndole lo mismo.

Por otro lado, los ensayos con Álex me han servido para reconciliarme con él. A veces me trae gominolas veganas o *croissants* de chocolate porque se acuerda de que mi hora de la merienda sigue siendo sagrada (exacto, a los veintiocho años lo sigue siendo. Probad a ser vegetarianos y entenderéis mi hambre). Eso sí: apenas hemos hablado de Celia a pesar de que a veces viene a recogerlo al terminar los ensayos porque han quedado para cenar juntos. Supongo que tendremos que hacerlo alguna vez, pero para eso tendrá que pasar algo más de tiempo.

Acerca de Valeria, no tengo mucho que decir aparte de que está viviendo una historia de amor digna de una comedia romántica americana. Formalizó su relación con Syaoran el catorce de julio y, después de encontrar una oferta para viajar a Rumanía por treinta euros cada uno, hicieron su primer viaje en pareja. Me enviaban fotos cada día y me contaban datos curiosos y situaciones graciosas en las que se habían visto envueltos. Valeria se quejó vehementemente de lo mal conservado que estaba el castillo de Poenari (o sea, el castillo de Drácula). No exagero cuando digo que ha agotado todos los sinónimos posibles de la palabra «despropósito».

En cuanto a mí..., supongo que la manera más sencilla de explicarlo es que estoy en una situación de *stand-by*. Todo sigue igual que al principio de verano: mis dos trabajos, mi mejor amiga, mi compañero de piso, mi amor por el teatro y... No. La verdad es que no todo sigue igual.

¿Cómo iba a ser igual?

Enzo es la maldita variante que hace temblar mi cómoda y aburrida normalidad.

Y, gracias a la última idea de Nicolás, ese temblor amenaza con convertirse en un derrumbamiento de catastróficas consecuencias.

SEGUNDO ACTO

Capítulo 13
Principios de agosto

—Encontraréis un *e-mail* con los detalles en vuestra bandeja de entrada —asegura Nicolás, subido sobre la tarima mientras el resto lo observamos sentados desde las butacas—. Creo que esta es una maravillosa ocasión para conocer mucho mejor a vuestros compañeros de elenco y así formar vínculos reales que se puedan trasladar al escenario. —Sonríe, orgulloso—. Es algo que hago con todos mis actores y los resultados han sido siempre excelentes. Raquel, ¿puedes explicarles los detalles?

Ella da un paso al frente.

—La idea sería participar en una especie de retiro, pero en vez de espiritual, teatral. —Se ríe con su pequeña boca—. Hemos encontrado una casa rural en el norte de Madrid y, por cuarenta euros cada uno, podemos quedarnos de viernes a domingo por la mañana. El precio incluye el alquiler del sitio y el uso de las instalaciones, como la piscina y la barbacoa. Nosotros solo tenemos que llevar la comida, pero si hacemos un bote para comprarla, no debería haber problema alguno.

Esto no puede estar pasando o, al menos, no debería estar pasando.

¿Por qué? ¿Por qué la gente se ha vuelto tan imaginativa?

¿Un retiro teatral?

No. No. No.

No es una buena idea. Bueno, vale, en teoría lo es, pero no lo será en la práctica. Enzo y yo somos como dos imanes con fuerza repelente: por mucho que nos intenten acercar, habrá una feroz lucha para que no sea posible.

—Oye, pues suena muy bien —asegura la actriz que hace de la señora Bennet.

—¡Y yo que había asumido que no iba a salir de mi casa en todo el verano! ¡Por fin voy a poder estrenar todos los bikinis! —se alegra Lisa.

—¿Entonces estamos todos de acuerdo? —pregunta Nicolás—. Sería para la semana que viene. Perdonad que hayamos avisado con tan poca antelación, pero el hombre que nos lo alquila nos ha cambiado las fechas por una cancelación de última hora.

No.

Por supuesto que no estamos todos de acuerdo. Esta situación va a ser más incómoda que la pillada a Valeria y a Syaoran.

O que la vez en que se me ocurrió discutir con Álex en medio de un atasco en la M-30.

O que esas ocasiones en las que un presidente de un país republicano tiene que saludar a los reyes de uno monárquico mientras piensa algo como «Vaya, se me olvidaba que algunos siguen en la Edad Media».

En fin, pilláis lo que quiero decir.

Aun así, una vez más, no puedo decir nada, así que permanezco en silencio y me uno sin quererlo a la decisión colectiva que va a poner patas arriba mi tranquilo verano.

—¿Cómo vamos a dormir? —pregunta Álex sin despegar la mirada de la carretera. El sol transforma su pelo rubio en casi blanco y vuelve sus ojos de un azul ártico.

Después de pagar la casa rural, el alquiler, las facturas y otras necesidades, mi cuenta bancaria parecía un desierto en el que solo hay una triste planta rodante arrastrada por el viento, como en las películas del Oeste, por lo que tuve que acceder a que Álex me llevara en su coche. Algo que se podría haber evitado si la Comunidad de Madrid me siguiera considerando joven (lo soy, y no acepto discusión) y las zonas de la periferia estuvieran a mi alcance en cuanto a transporte público se refiere.

—Eh... —Me aclaro la voz—. Pues no lo sé, porque no tengo ni idea de cómo es la casa. —Hago una pausa para pensar y me emociono tanto con mi idea que me agarro al asiento y doy un pequeño botecito—. ¡Oh! A lo mejor es tipo campamento infantil y tiene dos habitaciones enormes, una llena de literas para chicos y otra para chicas, y un misterioso desván en el que murió una monja en extrañas circunstancias.

Que sea así, que sea así, que sea así...

—Pero ¿es que no has mirado el enlace que nos envió Raquel donde se explicaban todos los detalles de la casa?

—¿Nos envió un enlace?

Álex suspira y, después, procede a bajar un grado el aire acondicionado.

—Sí, Gala. Nos envió un enlace en el *e-mail* que llevaba como asunto «Enlace a la casa rural».

—Pues no lo vi.

—Ya, hasta ahí he llegado —dice y, sin mirar, rebusca en el posavasos hasta alcanzar su lata de Fanta de limón y darle un trago—. Lo que no entiendo es cómo sigues teniendo trabajo siendo así de despistada.

—Para tu información —respondo mientras bajo el parasol para mirarme en el diminuto espejo y ajustarme la coleta. Como me teñí hace un par de días, el lila está brillante y listo para colorear tanto la ducha como la piscina—, no soy despistada. Simplemente leo los correos que tengo que leer por obligación. Hay tantos de clientes exigiendo entregas rápidas y ofreciéndome tarifas de risa que, por mi salud mental, decidí no hacerles caso al resto de los correos.

—Bueno —dice, y sé que es una señal de que tiene una opinión contraria a la mía, pero que lo último que le apetece es discutir—. Hay bastantes habitaciones. La mayoría son para dos personas excepto una que es individual y otra de tres. Luego hay dos sofás cama en el salón.

—¿Y los sofás cama son para…?

—Dos personas cada uno —contesta de inmediato.

Tomo una bocanada de aire y miro el paisaje a mi derecha. Hay tantos árboles y montañas que me cuesta creer que sigamos estando en Madrid.

—Pues nos tocará una habitación doble o uno de los sofás. Tampoco debería pasar nada. Ya estamos acostumbrados a dormir juntos.

—Sí. Estoy más que acostumbrado a tus ronquidos y a tus pijamas sin conjuntar.

Me giro hacia él y le dedico una mirada asesina.

—A veces unos pantalones se pierden en el cesto de la ropa sucia y eso provoca un efecto dominó de pijamas desparejados —me justifico.

—Ya, ya —dice, y una sonrisa asoma en su cara.

Nos mantenemos en silencio durante un par de canciones que ninguno de los dos conocemos (y lo digo totalmente segura de mí misma, ya que Álex no puede evitar cantar las que se sabe) hasta que él lo rompe tras haber tomado una desviación que nos conduce a una carretera secundaria.

—Oye, Gala, sobre todo lo que pasó en el restaurante japonés en junio... —Agarra el volante con fuerza—. Quería decirte que siento haberme comportado como un capullo. Te podría decir que no sé por qué lo hice, pero... sí que lo sé. —Lo miro, sorprendida de que haya sacado el tema después de tanto tiempo—. Quería encajar en el grupo. Todos eran pareja y..., en fin, traté de hacerlo creíble para que no nos echaran el primer día. Estaba tan nervioso que no se me ocurrió comportarme como cuando estaba contigo y, en vez de eso, me comporté como más convincente me parecía.

Desde su cuenta de Spotify comienza a sonar el estribillo de una canción que podría ser la banda sonora perfecta de este momento, ya que habla de un chico que, claramente, necesita ayuda con sus decisiones.

—¿Gala? ¿Me has escuchado? —pregunta preocupado,

y por un instante me mira. Aparentemente, he pasado más tiempo callada de lo que creía.

—Sí, sí. —Me paso las manos por el cuello y noto mi fino collar de plata bajo las palmas.

—¿Entonces?

—Es que hay tantas cosas mal en lo que has dicho que no sé por dónde empezar.

Él suelta una risa en forma de bocanada de aire.

—Empezamos bien, ¿eh?

—A ver... —Aprovecho el momento que necesito para ordenar mis pensamientos y giro la rejilla por la que sale el aire para que apunte directamente hacia mi cara—. Lo primero, querer encajar en un grupo haciéndote pasar por quien no eres a la larga acabará saliendo mal. —Álex abre la boca para interrumpirme, pero, antes de que lo haga, lo detengo—. Sí: sé que estamos mintiendo con lo de ser pareja, pero seguimos siendo nosotros mismos. Segundo, si al ponerte nervioso te conviertes en un gilipollas sin capacidad de pensar, me veré obligada a hacerte evitar la cafeína y las situaciones estresantes.

—Tomo nota.

—Y, tercero —continúo como si él no hubiera dicho nada—, ¿de dónde has sacado esa actitud de imbécil? La imitaste demasiado bien como para haberla visto solo en un par de películas.

Su mandíbula se tensa.

—Amigos y... eso —confiesa.

—En ese caso, necesitas cambiar de amigos y de gustos musicales —aseguro mientras desconecto su teléfono y conecto el mío—. Ambos son altamente cuestionables —

130

digo en serio, pero con cierto tono de broma para relajar el ambiente.

Él sonríe.

—A lo mejor solo tengo que grabar uno de tus discursos y ponérselo en bucle. Son bastante convincentes.

—Está bien —respondo—, pero te cobraré derechos de autor por cada vez que lo reproduzcas.

—Gala, recuerdas que no te estoy cobrando la gasolina, ¿verdad? —Arquea una ceja, divertido.

—Ups —murmuro—. Bueno, te dejaré usarlo gratis porque tengo un corazón que apenas me cabe en el pecho.

Las bromas consiguen que su rostro y sus hombros se relajen por completo, y toda la tensión que había acumulada en su cuerpo se disipa entre carcajadas y el fresco ambiente con aroma a pino.

—Hemos llegado —anuncia, y reduce la velocidad al acercarse a la gran puerta de hierro que sirve de entrada a la casa rural.

Capítulo 14

Decir que hace calor es una subestimación.

Nada más salir del coche, un ardor comienza a serpentear sobre cada centímetro de mi piel y la reseca y, básicamente, la convierte en una lija. Me apresuro hasta el maletero, donde está la pequeña maleta que he traído, saco rápidamente una gorra amarilla con un diminuto girasol bordado en el centro y la crema solar.

—Date prisa o te convertirás en Gala-gamba —se burla Álex, que se acerca a mí para sacar su mochila.

«Gala-gamba» es el tierno apodo con el que me bautizó la primera vez que presenció en persona las terribles consecuencias que sufre mi cuerpo al pasar media hora bajo el sol, ya sea andando, en una piscina o en medio del Polo Norte.

—Qué gracioso —respondo en tono irónico mientras me froto los hombros y la cara con la crema.

—Al menos mudas de piel en plan lagarto. Eso es como

reinventarse, ¿no? —Se ríe, con las manos en los bolsillos de sus pantalones cortos.

—Sí. Me reinvento en una persona con más papeletas para tener cáncer de piel —bufo mientras me unto las piernas.

Al terminar, guardo el bote en la maleta y la saco del maletero. Álex cierra el coche pulsando un botón en sus llaves y, cuando me doy la vuelta, veo que Lisa y Sergio se aproximan hacia nosotros. Las piedrecitas del suelo de la plaza aparcamiento crujen bajo sus pies, y ese sonido se mezcla con el del agua que sale a presión por una manguera en algún lugar que no alcanzo a ver.

—¡Hey! ¡Habéis llegado pronto! —exclama Lisa. Sobre la cabeza lleva unas enormes gafas de sol marrones y viste un conjunto blanco y holgado.

—Es para compensar lo tarde que llegamos el día de la audición —contesto de forma cómica.

—¿Ha llegado alguien más? —pregunta Álex.

—Nicolás y Raquel. Son los que tenían las llaves —responde Sergio—. Nicolás está regando la entrada para que se vaya un poco el calor y Raquel está comprobando lo que hay en la casa.

Supongo que eso responde al misterio de la manguera.

—¿Cómo vamos a dividirnos las habitaciones? Sugiero hacer un intercambio en plan *swingers* y... —comienza a bromear Lisa, pero, antes de que nadie pueda contestarle, un coche azul oscuro entra por la puerta.

Nos quedamos mirándolo hasta que el conductor (sea quien sea, porque las ventanillas están tintadas) aparca en el extremo opuesto al nuestro. A continuación, se abren las dos puertas y de ellas salen Carol y Enzo. Al vernos, Carol alza un brazo y nos saluda mientras se encamina hacia nosotros. Enzo se ve obligado a seguirla.

—Estaba segura de que seríamos los primeros —asegura Carol.

—Yo llevo todo el verano en mi casa y no aguantaba un segundo más allí —contesta Lisa, sonriente.

—Hasta ha impreso fotos del lugar y las ha colgado en el frigo para autoconvencerse de que quedaba poco para venir —añade Sergio.

—El poder de la mente es inigualable —argumenta Lisa.

—Sobre todo el de la tuya —responde Sergio, y le da un breve beso.

Tanto Carol y Lisa como Sergio y Álex se embarcan en dos conversaciones paralelas sobre lo felices que los hace tener unos días de descanso de su rutina, lo que nos deja a Enzo y a mí sumidos en un silencio que, en realidad, está lleno de palabras. Al menos, por mi parte.

En un principio, me limito a echarle un vistazo por el rabillo del ojo. Su apariencia, en principio sencilla, le envía una descarga de adrenalina a todo mi cuerpo. Luce una camiseta negra de tirantes anchos y unos pantalones largos y oscuros, y su cabello está peinado hacia un lado, de modo que cada uno de sus rizos se agolpa sobre otro.

Perfecto, como si no tuviera suficiente con el bochorno que hace.

—¿No tienes calor? —pregunto sin darme cuenta de que lo he dicho en voz alta. En algún momento, algo me ha hecho acercarme un par de pasos a él.

Sus ojos refulgen un prístino verde mientras siguen los míos hacia sus pantalones.

—No —responde, y, por su tono retraído y su expresión tirante, noto que el solo hecho de dirigirme una palabra ya le ha supuesto un esfuerzo titánico—. Estoy acostumbrado.

—Ah. Qué bien.

Y ahí termina nuestra maravillosa conversación.

Pocos segundos después, Raquel aparta la cortinilla de flecos blancos que decora la puerta principal de la casa, cuyas paredes están compuestas de piedras de tonos blancos y *beige*, y sale al exterior.

—¡Podéis ir entrando! —grita desde la entrada de la casa. La verdad es que nunca creí que la escucharía gritar. Ni tampoco que la vería en bikini y con un pareo fucsia. Supongo que hay una primera vez para todo—. ¡Os vais a asar ahí!

Todos asentimos y, después de cargar con nuestras cosas, nos dirigimos hacia ella. Al entrar a la casa, nos encontramos con un salón amplio y sencillo. Aunque no hay ninguna pared que las separe, está dividido en dos zonas: en la primera, hay una enorme mesa de madera con un gran número de sillas a su alrededor y, en la segunda, varios sofás de tonos azulados en forma de C que apuntan a una modesta pantalla de televisión. Detrás de uno de los sofás hay una chimenea que espero que a nadie se le ocurra encender.

—La verdad es que aquí se está mucho mejor que fuera —recalca Sergio.

—Hay un aire acondicionado aquí y un par de ventiladores que supongo que echaremos a sorteo para las habitaciones —nos explica Raquel. Lleva puesto un interesante pintalabios de color morado y su pelo corto y rubio recogido con un par de horquillas.

—Como haga un calor parecido por la noche, yo me pido una hamaca cerca de la piscina —bromea Álex.

—¡Oye! Pues es buena idea —se ríe Carol.

—¿Tenéis alguna idea de cómo queréis repartir las habitaciones? —pregunta Raquel.

Como no podría ser de otra forma, Carol asume el papel de portavoz.

—Lo lógico sería que los que somos pareja durmamos en las que tengan camas de matrimonio —contesta ella. Hace una pausa para ajustarse su pañoleta con estampado de vaca, a juego con sus mocasines—. Los que no, como María (que, casualmente, hace de Mary Bennet), tú o Nicolás, deberíais repartiros la habitación individual y la triple.

—Lógico, pero aburrido—asegura Lisa, y Sergio se ríe al escucharla.

—¿Todos de acuerdo? —pregunta Raquel.

Como nadie se opone, nos asignan la penúltima habitación del pasillo. Una en la que solo hay una cómoda, una cama, dos mesitas de noche y una ventana que da a la parte trasera de la casa.

La piscina es, al mismo tiempo, una bendición y una tortura.

Es una bendición porque, gracias a ella, durante las últimas horas de sol apenas he notado el calor. Y es una tortura porque, por muy helada que esté el agua, de nada sirve si tengo a Enzo delante de mí.

Hace escasos momentos que ha salido del agua y se ha tumbado en una de las hamacas, y juro que lo he intentado, pero no puedo dejar de mirarlo. No puedo dejar de mirar cómo las gotas de agua se deslizan por su torso ni cómo su piel, al contrario que la mía, parece hecha justo para este momento. Para brillar bajo el sol.

—Vas a desgastarlo —me susurra Lisa tras ponerse delante de mí. De alguna forma, ha conseguido traerse un helado de hielo a la piscina y no derramar una sola gota en el agua.

—¿Eh? —pregunto, extrañada, mientras me recoloco la gorra. Sí, aunque esté bañándome, tengo que llevarla.

—De tanto mirarlo —aclara entre risitas, y muerde el último trozo que le quedaba dentro del tubo de plástico—. A Enzo.

Me revuelvo en el escalón en el que estoy sentada, con lo que provoco un chapoteo.

—¿¡Qué dices!?

—Gala, que no soy tonta. A Álex podrás engañarlo, pero no a mí —dice, aún sonriente. Dios, juro que su boca es exactamente igual a la de Anne Hathaway. Con los dientes perfectos y todo—. Pero no te preocupes. No soy ninguna chivata —me guiña un ojo y sumerge el torso en el agua.

No sé qué me preocupa más: que piense que soy una chica con novio que no puede dejar de pensar en otro y, aun así, no se atreve a cortar su relación o que sepa lo mucho que me gusta Enzo.

Un momento.

¿Esas palabras han salido de mí?

Me gusta Enzo.

No. No puede ser. Porque a mí solo me gusta físicamente. No… No siento nada por él. Nada. Cero. Es un idiota conmigo y no puedo permitirme sentir nada más que atracción por él.

—Eh. Lo siento —respondo, porque no se me ocurre otra cosa que decir.

—A mí no tienes que pedirme perdón —asegura mientras, tras ella, el actor que hace del señor Bennet abre la ducha de la piscina—. Además, ¿por qué lo sientes? No has hecho nada malo.

El bañador plateado de Lisa me deslumbra por unos instantes. ¿Dónde venden prendas así? Mi bikini es, simplemente, negro. Eso sí, tiene tantos cordones que puedo enrollarme al cuerpo que no sé ni cómo he podido ponérmelo sin parecer un duendecillo recubierto con la ropa que ha tratado de coser una niña de tres años.

—Álex y yo… —comienzo a decir, pero me detengo. ¿Qué debería decir?

—No sois pareja. Lo sé —termina ella, como si nada. Hace una breve pausa para alargar el brazo y dejar el envoltorio del helado sobre el bordillo.

—¿Qué? —pregunto, nerviosa. ¿Por qué no hay nada más que agua a lo que agarrarme?—. ¿Cómo lo sabes?

—Me lo imaginé al verte sobre el escenario con Álex y luego con Enzo. —Se coloca una mano sobre la frente para usarla como visera—. Con Álex eres Elizabeth, pero con Enzo… Uf, chica, con Enzo eres fuego.

—Madre mía —me lamento, y agacho la cabeza hasta encontrarme con mis piernas difuminadas por las ondas del agua. ¿Quedaría demasiado dramático hundir la cara y fingir que nadie me ve?

Lisa nada un par de palmos hasta sentarse a mi lado.

—El caso es que a él le pasa lo mismo contigo —dice mientras mueve los pies hacia arriba y hacia abajo.

Giro la cabeza hacia ella y la miro, anonadada.

—¿Qué quieres decir?

—Que con su novia es un buen Darcy, pero contigo… —explica, y mira a Carol, al fondo. Está tomando el sol y su piel blanca brilla como las perlas por el exceso de aceite solar.

—Conmigo también lo es —contesto mientras echo la cabeza hacia atrás y dejo que un par de centímetros de mi pelo se remojen en el agua—. Sobre todo la parte en la que no me soporta.

Dios, qué bien sienta contarlo.

¿Por qué no lo habré hecho antes?

—¿De dónde sacas eso? —pregunta con la boca entreabierta.

—De la vez en que me dijo que no quiere ningún tipo de contacto conmigo. Y de todas las demás en las que lo ha cumplido.

—Hummm —musita, se baja las gafas de sol y se las pone—. Pues o es el mejor actor del mundo y puede convertir la hostilidad en verdadera pasión o es el tío más raro que he conocido. —Se acerca a mí y pega su cabeza a la mía—. Y, si tuviera que apostar, diría que la segunda, porque el puesto del mejor ya lo tiene Heath Ledger.

Capítulo 15

Hablando de Heath Ledger, hace tiempo leí que su maquillador en la película de *El caballero oscuro* aseguró que era habitual verlo patinando por el plató repartiendo abrazos a todo el mundo durante todo el día.

Esto me hace pensar dos cosas: una, que era una de las personas más adorables del mundo y, dos, que me gustaría saber cuál era su truco para así pasárselo a Enzo, aunque sea mediante una nota anónima.

Y es que, cuando me he acercado a él para darle su hamburguesa vegana perfectamente hecha a la barbacoa, ni siquiera me ha mirado, ni mucho menos me ha dado las gracias.

Que sí, que soy su enemiga jurada. Soy la bruja amargada y fea que vive en lo más profundo del bosque. Soy la antagonista del cuento que se haya montado en su cabeza.

Pero es que hasta el Joker se merecía una mínima cortesía básica.

—De nada —le recuerdo a modo de queja antes de sentarme en una de las sillas que hay a su izquierda.

Somos los únicos en la mesa, ya que nuestras hamburguesas han sido lo primero que se ha cocinado para que no se mezclaran con la carne de los demás.

Enzo alcanza el kétchup en silencio y rocía el pan con un buen chorro, ignorándome por completo.

Cuando de repente soy consciente de que mi estrategia de dejar las cosas pasar hasta que se dé cuenta de que (como mínimo) no soy una persona desagradable sigue fallando de manera estrepitosa, decido pasar a la que mejor se me da: el ataque.

—¿De verdad no vas a decir nada? —insisto. Él sigue negándose a mirarme, pero esta vez noto que su mandíbula se tensa, como si estuviera apretando los dientes con fuerza—. Mira, una cosa es no querer tratarme como a una compañera más y otra muy distinta comportarte como un completo gilipollas maleducado.

Escucho a los demás hablando con Nicolás, que esta noche se ha adjudicado a sí mismo el papel de chef.

—Mira, Gala… —dice, casi en un suspiro—. El problema es que no lo entiendes. No entiendes que, por mucho que lo intentase…

—Mírame a la cara cuando me hablas —le corto, porque sus ojos siguen clavados en el mismo sitio: en una mesa repleta de vajilla y cubertería.

Él traga saliva, inspira hasta que, por lo que me parece, llena sus pulmones al completo y, solo entonces, se enfrenta a mí.

—Gracias —respondo mientras enderezo la espalda y sacudo las migas de pan que, de alguna manera, han acabado en mi falda. Estoy intentando con todas mis fuerzas mantener la compostura, así que espero estar haciéndolo bien—. Y ahora: ¿qué es lo que no entiendo?

Enzo mastica las palabras durante unos instantes.

—Que nunca podría tratarte como una compañera más —responde con una voz ronca y una expresión impenetrable.

Al escuchar esas palabras, durante un par de segundos, siento que mi corazón se ha olvidado de latir.

Quiero preguntarle qué ha querido decir con eso. Por supuesto que quiero. Es lo más cerca que he estado de una explicación en más de dos meses; sin embargo, Álex y Carol se sientan entre nosotros y me impiden preguntárselo.

Bajo un manto de estrellas al que estoy poco acostumbrada e iluminada solo por los farolillos bajos que hay repartidos por el jardín, doy por finalizada la última escena de la obra junto a Álex.

Como convencimos a Nicolás de que era una buena idea pasar la tarde en la piscina y la noche ensayando (así no moriríamos por un golpe de calor), ahora nos encontramos sobre un escenario improvisado y nuestro público, compuesto por nuestros compañeros, sentados en sillas de plástico.

Si mis cálculos son correctos (aunque nunca lo son, por eso seguí el maravilloso camino de las humanidades), deberíamos terminar sobre la una y media de la mañana. Primero, se ha representado la obra con Enzo y Carol; luego, con

Álex y conmigo. Y, como ya es habitual, los siguientes seremos Enzo y yo para finalizar con Carol y Álex.

Como no he conseguido persuadir a Nicolás de que me permita ensayar sin peluca (empiezo a tener la teoría de que es un psicópata al que le agrada ver cómo los demás sufren), he hecho todo lo posible para recogerla en un moño. Además, me he cambiado el bikini y la camisa mojada por un vestido blanco hueso de estilo *vintage* que Valeria me regaló a mediados de julio. Tiene una línea de botones desde el pecho hasta la cintura y una falda ancha con fruncidos horizontales.

Es perfecto para ensayar.

Lástima que, en comparación con las otras veces, hoy mi predisposición está, como mucho, por los suelos, y es que no puedo dejar de pensar en la breve conversación que hemos tenido durante la cena.

Nicolás nos da pie para que comencemos la obra, y así lo hacemos. Las escenas se suceden, prácticamente tropezando una con otra. La cabeza de Enzo parece estar en otro lugar y, aunque no comete ningún error a la hora de decir sus líneas, eso es lo único que hace: las dice, no las actúa. Nicolás para el ensayo un par de veces para darle indicaciones, pero Enzo no parece ser capaz de procesarlas.

En un momento me está mirando con el mismo miedo que Orfeo a Eurídice cuando se da la vuelta porque no aguanta más sin verla y, al siguiente, tiene los ojos clavados en su silla, en la que tan solo hay su teléfono y sus llaves.

Llegamos al inicio de la séptima escena, en la que me encuentro leyendo una carta de mi hermana Jane hasta que Mr. Darcy llama a la puerta de mi supuesta casa y, cuando lo invitan a pasar, entra totalmente agitado.

—En vano he luchado —declara mientras se acerca a mí. Yo me limito a observarlo, manteniendo la serenidad—. No funcionará. Mis sentimientos no pueden ser reprimidos. Debe permitirme decirle cuán fervientemente la admiro y la amo. —Hace una pausa, en la que sube el mentón y los ojos se le empañan. ¿Está... a punto de llorar? Desvío la mirada hacia Nicolás y lo veo sonriente, porque por fin Enzo parece haberse centrado. Sin embargo, al volver a fijarme en Enzo, me doy cuenta de que es algo más que eso—. A pesar de todos mis esfuerzos, he encontrado imposible conquistar mis sentimientos por usted. La he tenido en la más alta estima prácticamente desde el primer momento. Al declarar mis sentimientos por usted, estoy yendo en contra de toda mi familia, mis amigos y mi propio juicio —continúa. Cada una de esas palabras parece parte de él; porque, con cada una de ellas, parece romperse poco a poco. Como si fuera un puzle al que le están robando las piezas—. La situación con la familia de su madre, aunque objetable, no es nada en comparación con lo que he visto. Sé que su familia es inferior, que nuestras situaciones son vastamente diferentes. Soy totalmente consciente de los obstáculos familiares, pues siempre se han interpuesto a mi afecto. Estoy tan enamorado de usted que deseo desposarla a pesar de todas estas objeciones, y espero ser recompensado ahora con su aceptación. Por favor, conviértase en mi esposa.

En ese instante, una lágrima se escapa de su ojo derecho y recorre lentamente su mejilla. Él, al percatarse, se la limpia enseguida con la palma de la mano.

Sé a la perfección lo que debo responder. Me aprendí este diálogo de memoria prácticamente en el tercer ensayo. Pero hay algo dentro de mí que, por algún motivo, me dice que no debo hacerlo. Que, si lo hago, acabaré destrozándolo.

Me levanto de la silla y lo miro, como preguntándole si puedo continuar. Para mi sorpresa, él asiente levemente con la cabeza, como animándome a hacerlo.

¿Era esto a lo que se refería Valeria? ¿A comunicarme con él así en el escenario?

—Nunca he deseado su generosa opinión, y usted me la ha entregado de manera reluctante. Siento el daño que he podido ocasionar a cualquiera —respondo mientras junto las manos sobre el estómago.

Él hace una mueca que muestra una dolorosa aceptación de lo que acaba de escuchar.

—¡Y esta es toda la respuesta que tenía el honor de esperar! Aunque desearía conocer la razón por la que he sido rechazado con tan poco esfuerzo y cortesía —contesta, pero la última palabra la dice como si le hubiera estado quemando la garganta durante demasiado tiempo.

Abro ligeramente los labios y me fijo en los suyos; luego, en su oscuro cabello, recogido de manera parecida al mío, que en algunas partes refleja tonalidades de azul marino, y, finalmente, en sus ojos, aún mojados como hojas de sauce bañadas en rocío.

—Quizá yo también podría preguntarle: ¿por qué, con un deseo tan evidente de ofenderme e insultarme, elige confesarme que siente algo por mí en contra de su voluntad, de su razón e, incluso, de su carácter? —inquiero, y me encaro a él. Hago una pausa antes de seguir, y en ese instante Enzo cierra los ojos para, de algún modo, tratar de contenerse. Después, eleva un poco la mano derecha y trata de agarrar algo que no está ahí. A cualquier persona que nos estuviera mirando le habría parecido algo accidental, pero algo dentro de mí me dice que no lo es—. ¿No era esto una excusa para la falta de cortesía, si es que he sido descortés? ¿Cree que cualquier consideración me tentaría a aceptar al hombre que…?

Antes de que termine, Enzo se da la vuelta, abandona el escenario imaginario, coge su móvil y las llaves y sale corriendo en dirección a la casa. Nos deja a todos completamente desconcertados. Carol se levanta de su asiento y lo sigue después de disculparse con el resto.

La verdad es que nunca pensé que experimentaría una situación digna de novia a la fuga; aunque, pensándolo mejor, le vendría mejor el título de «hombre misterioso y a veces desagradable a la fuga».

¿Por qué lo ha hecho?

¿Por qué me ha dejado sola en medio de una escena?

¿Estaba esperando que su cantante favorito sacara una canción justo a esta hora? Quizá está en otra zona horaria. O a lo mejor tiene que tomarse algún tipo de medicación, una que prevenga que sus ojos se vuelvan demasiado acuosos (¿esa enfermedad existe?).

Por si no se ha notado, estoy demasiado cansada para ponerme a elaborar teorías con sentido, así tomo la decisión de limitarme a mantener la vista pegada al camino por el que se ha marchado, perpleja, y preguntar:

—¿Y ahora… qué? —musito sin mirar a nadie.

Escucho unos cuchicheos y a Nicolás rascarse la cabeza.

—Supongo que lo dejamos para mañana —responde, algo decepcionado.

Capítulo 16

Me despierto y veo una figura borrosa de pie, delante de mí. Está rebuscando en su mochila y, cuando encuentra una camisa blanca y un bañador largo de color azul, los saca y se acerca a la cama para dejarlos en una esquina. A continuación, se lleva una mano al elástico del pantalón (que, por cierto, parece ser lo único que lleva puesto) y se dispone a bajarlo.

—¡Quieto! —grito mientras me incorporo con un solo movimiento y me tapo los ojos con una mano.

—¡Joder, Gala! —responde Álex, asustado—. ¡Creía que estabas dormida!

—¿¡Y por eso ibas a ponerte en plan nudista delante de mi yo inconsciente!?

—Deja de hacerte la dramática. No me habrías visto —responde, molesto pero a la vez tratando de no reírse—. Y ya puedes quitarte la mano, no me voy a cambiar aquí contigo despierta.

—Eso espero —respondo, y le hago caso, aunque mi voz trasluce ciertas sospechas.

Él pone los ojos en blanco y recoge la ropa para irse al baño. Tiene su mata de pelo trigueño completamente revuelta. No tengo duda alguna de que el mío debe estar cien veces peor.

A continuación, alargo los brazos hacia los lados para desperezarme, pero el izquierdo se topa con algo blandito. Cuando miro hacia ahí, me encuentro un muro compuesto de cojines y almohadas.

—¿Y esto? —pregunto, obligándolo a detenerse.

—Lo puse anoche —responde con un tono de voz que denota que está completamente lúcido.

—Ya. Eso lo he supuesto, pero, ¿por qué? —pregunto entre bostezos.

—Supuse que estarías más cómoda así.

—Oh —digo, mirando al muro. Entonces, oigo la puerta cerrarse.

Me encojo de hombros y miro el móvil para comprobar la hora. Para lo mucho que me gusta dormir, no está nada mal: son las diez y treinta y dos de la mañana. Así que me deslizo de la cama y me dirijo a mi maleta y, tras coger el bikini ya seco e inspeccionar varias prendas, me decido por un vestido de color púrpura y de hombros caídos, a juego con mi pelo.

Después de esperar que Álex salga del baño, entro y me doy una ducha rápida. Luego, me peino con ayuda de un desenredante en *spray* y decido dejar mi pelo tal como está; también me echo un poco de maquillaje (solo para disimular la cara de muerta viviente que la ducha no ha conseguido mitigar) y me pongo unos pendientes en forma de nubes de colores pastel.

Al bajar al comedor, me encuentro con que la mayoría están en mitad del desayuno, y que Raquel, Nicolás y los actores que hacen de mis padres están sentados en los sofás, revisando sus teléfonos.

Todo el mundo está aquí, todos menos…

—Enzo se fue anoche —me informa Lisa después de subir un par de escalones para encontrarse conmigo—.Y, sinceramente, no tiene pinta de que vaya a volver.

La miro, sorprendida.

—¿Cómo?

—Carol está bastante mal —continúa, y le echa un vistazo rápido. Carol está apagada, remueve su café una y otra vez, y eso que ni siquiera echa humo—. Se ve que discutieron después de que ella lo siguiera.

Por muy egocéntrico que suene, lo primero en lo que pienso es que todo esto de algún modo tenga que ver conmigo (sí, anoche me dio tiempo a ordenar mejor mis pensamientos y a sacar alguna que otra teoría más razonable). ¿A lo mejor ella también se ha dado cuenta de que la manera en la que Enzo actúa conmigo en el escenario es muy diferente a cuando lo hace con ella? Lisa me contó que también lo ha percibido, y eso fue antes de que *literalmente* llorase en medio de una declaración de amor.

—¿Sabes por qué? —pregunto, y siento un pinchazo en el corazón.

Ella niega con la cabeza.

—Ni idea. Pero no me extrañaría que fuera por… —Me mira de arriba abajo.

—No puede ser —digo, aunque trato de convencerme más a mí misma que a ella.

—Ya —dice mientras agacha su mirada castaña—. Bueno, deberías desayunar. Nicolás dice que, ya que mañana tenemos que dejar la casa pronto, hoy tenemos que aprovechar el día.

Lisa vuelve a su sitio y se termina el zumo de naranja de un trago y yo, a pesar de lo que me ha dicho, me quedo plantada donde estoy durante unos segundos, mientras me debato entre lo que debería de hacer. ¿Actúo como si nada hubiera pasado, me uno al desayuno y le robo a Álex uno de esos bollitos con chocolate que tan buena pinta tienen o…? ¿O sigo intentándolo? ¿Sigo tratando de obtener la respuesta que Enzo parecía dispuesto a darme durante la pasada cena?

Sé perfectamente lo que me diría Valeria.

Y también sé lo que voy a hacer.

Me doy la vuelta, subo las escaleras de nuevo y voy a mi habitación, donde encuentro mi móvil reposando en la mesita de noche. Entro al grupo de WhatsApp que tenemos, *Orgullo y prejuicio* 🎭 (no es muy original, lo sé. Las quejas a Nicolás), y reviso los participantes hasta que encuentro a Enzo.

Todavía no tengo su número guardado. De hecho, no me había planteado hacerlo.

Abro una conversación con él y no puedo evitar fijarme en lo vacío que está todo, sin ninguna sola letra. Entonces, sin pensarlo demasiado, tecleo lo que pienso y lo envío sin revisarlo:

Gala
Sé que soy la última persona que querrías que te lo preguntase, pero, ya que fui a la que plantaste en mitad de una escena, lo hago de todas formas.

¿Estás bien?

Para mi sorpresa, tarda menos de un minuto en responder.

Enzo
¿Gala?

Gala
Sí.

Enzo
¿Por qué lo preguntas?

Frunzo el ceño y me siento sobre la cama.

Gala
¿Cómo que por qué lo pregunto? Por lo que te he dicho. Porque, después de notar que te pasaba algo, te vi llorar y luego te fuiste sin decir nada.

¿Te parece suficiente?

Enzo
Supongo.

Lo que no entiendo es por qué sigues intentándolo después de todo.

Después de todo lo que te he dicho.

¿Eres orgullosa, masoca o solo cabezota?

Sonrío y me llevo una mano a la boca. Enzo me ha hecho sonreír. Enzo tiene sentido del humor y lo está usando conmigo.

Si antes lo tenía claro, ahora es completamente seguro: le pasa algo.

Gala
Todas a la vez.

Ahora, contesta.

Enzo
Estaré bien.

Disfruta de lo que te queda de día.

Mi mirada se queda fija en la palabra «escribiendo...» durante mucho, demasiado, tiempo. No obstante, este termina por desaparecer y se queda así. En nada.

Los ensayos sin Enzo son como los dulces sin azúcar: pierden toda su gracia y sentido.

Aun así, los sacamos adelante; al igual que el resto del día que nos queda, en el que nos volvemos a tomar un descanso para zambullirnos en la piscina y para cocinar.

Y, antes de que nos demos cuenta, estamos de vuelta en nuestras casas, preparándonos para el siguiente fin de semana.

Como en la cafetería me correspondían algunos días de vacaciones, aproveché para juntarlos con los del fin de semana que pasamos en la casa rural. Gracias a eso, he cumplido uno de mis sencillos sueños: quedar con Valeria en una heladería.

—¿Y el tío se piró sin más? —pregunta. Tiene el codo apoyado sobre la mesa de cristal y sujeta la cabeza con la mano.

Valeria se ha cambiado el peinado: ahora lleva trenzas algo más gruesas y de un color violeta oscuro. Además, se ha hecho una manicura que resalta a la perfección su anillo en forma de luna: de las puntas de las uñas parece que le gotee sangre.

—Sip —respondo después de llevarme una cucharada de helado a la boca.

—¿Te has planteado que sea parte de alguna secta chunga? A lo mejor tenía una reunión urgente —dice, y lo hace completamente en serio.

Le dedico una mirada de total confusión, de no entender nada de lo que ha dicho.

—La verdad es que no —respondo, y espero que desarrolle su teoría.

—Pues ahí tienes una posible respuesta —dice mientras come una cucharada de su helado, con sabor a menta y chocolate.

—Eres consciente de que eso que te estás comiendo está completamente asqueroso, ¿no? —le comento señalando su helado.

—Soy consciente de que hay personas como tú, querida amiga, que no saben apreciar muchas de las delicias que nos da el mundo. Y que tampoco saben ver a un héroe byroniano cuando lo tienen delante.

Clavo la cucharilla naranja de plástico sobre la bola de Ferrero Rocher.

—¿Qué? —pregunto con el tono más agudo que soy capaz de emitir.

—Enzo —explica—: chico misterioso, con cambios de humor, cínico, arrogante y con un alto atractivo sexual.

Me río entre dientes.

—Ah, claro.

—Solo le falta lo del secreto de su pasado turbio —añade—. Aunque… —Entrecierra los ojos de manera sospechosa—, ¿quién nos dice que no lo tiene?

Suspiro.

—Supongo que tanto eso como que sea parte de una secta son mejores explicaciones para su comportamiento que las que yo había imaginado.

—¿Lo ves?

Un grupo de chicas adolescentes sentadas en la mesa de al lado discuten sobre la fiesta a la que van a asistir esta misma noche. La verdad es que no echo nada de menos esa parte de mi vida.

—Bueno, ¿qué tal vas con tu tesis?

No necesito preguntarle por Syaoran porque ya me puso al corriente la pasada noche: tuvieron el mejor sexo de sus vidas en la parte trasera de su coche, aparcado a las afueras de Madrid.

—Le envié a mi tutora el último capítulo hace una semana. Conociéndola, me lo devolverá corregido para cuando veamos Santa Claus colgando de los balcones —bufa, enfurruñada—. A mí no me están pagando por esto, y a ella sí. Uno pensaría que le pondría algo más de empeño. —Se restriega una pestaña contra un dedo con delicadeza—. ¿Y tú con tu tía? ¿No es su cumpleaños dentro de poco?

El cumpleaños de mi tía Alicia es la fecha más importante de todo el año; mucho más que el mío o que Navidad. Es el día en el que tengo carta blanca para demostrarle lo agradecida que estoy por todo lo que ha hecho por mí y por mi madre; el día en el que no me avergüenza darle una carta escrita a mano de cinco páginas por ambas caras o mostrarle un *collage* de vídeos caseros de nuestro tiempo juntas, como nuestros viajes a Mojácar o la primera vez que vino a verme a una obra de teatro.

A pesar de que ella siempre repite lo mismo: «Gala, no hay nada que agradecerme; soy yo la que está agradecida por haber tenido la oportunidad de criarte y crecer junto a ti», ambas sabemos perfectamente lo mucho que disfruta con los extensivos planes que diseño cada año.

—Sí —digo, ilusionada—. Ya tengo toda la mañana programada: desayunaremos en una cafetería monísima en la que tienen dulces japoneses y luego iremos a un museo pequeñito, donde hay una exhibición sobre el antiguo Egipto. Al lado hay...

—Un sitio de kebabs. Si algo se mantiene, es que siempre coméis en un restaurante así porque es su comida favorita —asegura Valeria mientras engulle más helado—. Tu tía Alicia es a los kebabs como los vampiros a la sangre.

—Exacto. —Sonrío—. Tiene que ser perfecto.

—Gala —dice mientras extiende la mano izquierda y posa levemente sus dedos sobre los míos—, si lo organizas tú, no hay manera de que no lo sea.

Capítulo 17

Tras encender el portátil y acceder a mi *e-mail* para continuar lidiando con una mujer que pretende que traduzca un documental sobre una de las primeras tribus nativas de América por 3,35 € la hora, mis ojos van directamente a un correo en concreto cuyo asunto es: «Traducción película HBO».

Mi primer pensamiento es que debe ser algún tipo de estafa que, de alguna manera, ha conseguido burlar mi detector de *spam*. Sin embargo, la curiosidad se apodera de mi mano derecha y termino haciendo clic en él.

Buenas tardes, Gala:
En nombre de toda nuestra agencia, te agradezco el interés mostrado en trabajar con nosotros. Quería comunicarte que, tras leer tu prueba de traducción, hemos pensado que tanto tú como otro candidato encajaríais bastante bien en uno de los proyectos que estamos gestionando: una película para HBO. La película es una comedia romántica navideña, sin vocabulario especializado, excepto algunas palabras pertenecientes al campo sanitario y al agrícola.

Para tomar la decisión final te proponemos lo siguiente: te adjuntamos los tres primeros minutos de la película con subtítulos en inglés y nos gustaría que nos devolvieras la traducción al castellano a lo largo de esta semana.

Tanto si estás conforme como si no, te pediría que contestaras a este correo comunicándolo para así acelerar el proceso.

Seguimos en contacto.
Mercedes Álvarez, gestora de proyectos

Me quedo mirando la dirección de correo electrónico durante un par de minutos, mientras trato de encontrar alguna errata que delate el fraude. ¿La «l» minúscula de Álvarez es realmente una «l» o es una «i»? ¿Es la «o» un «0»? Tiene que serlo. Tiene que haber algo.

Tras darme por vencida, busco el nombre de «Mercedes Álvarez» en LinkedIn y, después de revisar varios perfiles por encima, llego al de una mujer con el pelo rizado y rubio que dice trabajar como gestora de proyectos para la misma agencia que me ha contactado.

Una emoción eléctrica me recorre todo el cuerpo. No puedo parar de mover una pierna y tampoco puedo dejar de sonreír.

Lo he conseguido (sé que tengo un cincuenta por ciento de posibilidades, pero me gusta pensar en positivo).

Después de una carrera, un máster y meses y meses de enviar correos para tratar que alguien me diera las migajas que otros no querían, por fin me han ofrecido algo medianamente serio. Algo que más de cien personas van a ver con un interés real.

Que sí, que, si me eligen a mí, no me voy a volver mundialmente famosa ni mucho menos rica. Por lo que recuerdo, en esta agencia pagan las tasas estipuladas, ni más ni menos.

Pero es que…

Es una película para HBO.

Es una maldita película para HBO.

Estoy tan nerviosa que se me olvida qué día y qué hora es, y lo único en lo que puedo pensar es en las ganas que tengo de contárselo a toda la gente que conozco. Quiero contárselo a Clara y decirle algo como «¡Ja! Haber aguantado al profesor chiflado de Traducción Audiovisual en Liverpool sí que sirvió para algo»; también a aquella amiga que tuve en primaria, Sheila, que se mudó a Asturias, y hasta a esos primos segundos que vi por primera y última vez en el entierro de mi abuela materna.

Pero, sobre todo, se lo quiero contar a mi tía Alicia y a Valeria, así que redacto un mensaje y se lo envío a ambas (no me juzguéis, probad a escribir lo mismo con diferentes palabras cuando estáis en un estado de alteración digno de cuando la gente bucea con tiburones).

> **Gala**
> ¡Adivina quién ha llegado a la fase final para traducir una película de HBO!

La primera que responde es mi tía Alicia. Debe estar en un descanso entre reuniones.

> **Tía Alicia** 🍀
> Gala, cielo, qué buena noticia. ¡¡¡No sabes lo mucho que me alegro…!!!
>
> Cuéntame, ¿están bien las condiciones?
>
> Sé lo mucho que te quejas de eso…
>
> ¿¿Conoces a los actores que salen en la peli??

159

> Sabes que, si sale el guaperas de *Anatomía de Grey*, no te perdonaría nunca que no me lo dijeras, aunque tengas un contrato de confidencialidad… 🤭 🤭

Suelto una risilla mientras me levanto de la silla para abrir la ventana.

> **Gala**
> ¡Las condiciones están bien! Son normales.
>
> Me han enviado los tres primeros minutos de la peli para que los traduzca y así elegirán a la persona que quieren que lo haga.
>
> Si sale tu querido doctor Derek Shepherd, serás la primera que lo sepa.

> **Gala** 🖤
> Lo juro

> **Tía Alicia** 🍀
> ¡Eso espero!
>
> Tengo que dejarte. Me has pillado tomando el café.
>
> Si quieres, podemos quedar con tu madre este finde para celebrarlo… 🎉 Invito yo. 🤭

> **Gala**
> ¡Claro!

En ese mismo momento, salta una notificación avisándome de que he recibido cinco nuevos mensajes de Valeria.

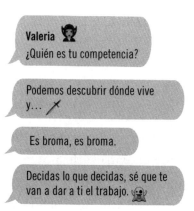

Valeria
¿Quién es tu competencia?

Podemos descubrir dónde vive
y... ✗

Es broma, es broma.

Decidas lo que decidas, sé que te
van a dar a ti el trabajo. 🐙

Las palabras de Valeria hacen que mi sonrisa crezca tanto que siento los músculos de la mandíbula tensos. Sigo hablando con ella durante varios minutos sobre cómo el hecho de acabar accediendo a comer una cucharadita de helado de menta y chocolate me ha traído la buena suerte que necesitaba y, a continuación, llamo a mi madre y la informo de todo. No me sorprende que me diga casi lo mismo que ya me ha dicho su hermana. Al fin y al cabo, son gemelas. Y, aunque digan que no, sé que tienen una conexión mental extraña e incomprensible para el resto del mundo.

Aun así, después de todo, me doy cuenta de algo, de que siento un pequeño vacío dentro de mí, como si aún necesitara hacer algo más. Es una sensación parecida a la de cuando te haces una lista mental de tareas que completar durante el día, pero una de ellas se queda pendiente.

Sabes que está ahí y que está jugando al juego del escondite.

No obstante, yo, que soy muy buena jugando, consigo encender todas las lucecitas que hay dentro de mi cabeza y revisar cada uno de sus rinconcitos, y la encuentro.

Resulta que también quiero contarle la buena noticia a Enzo.

Durante el resto de la semana, consigo rehuir esa repentina y absurda necesidad centrándome en entregarle a Mercedes la traducción perfecta y en quedar con Valeria para disfrutar de mis merecidas vacaciones (no sabía lo mucho que necesitaba descansar de quejas absurdas como «La tarta de zanahoria sabe muy dulce» o «¿Por qué no me habías dicho que había lactosa en el batido de fresa?»).

Aun así, me temo lo peor, y lo digo porque esa necesidad está creciendo sin cesar (de un modo parecido a la patata caliente del *Grand Prix*) y tengo la sensación de que, en el momento menos esperado, me va a estallar en la cara.

Llevo tanto tiempo tratando de autoconvencerme de que hoy va a ser un buen día que solo tengo ganas de hacerme callar. De hecho, creo que le he bufado a una libreta de Mr. Wonderful que he visto en un escaparate y, en consecuencia, he asustado a un chihuahua y a su dueña, que pasaban a mi lado (aunque creo que el susto ha sido provocado por motivos diferentes; es posible que a la señora no le haya gustado demasiado el tatuaje de la araña que trepa por mi brazo o el de la sirena atrapada entre cuerdas con el pecho al aire).

Cuando entro a la sala de ensayo, me quito los auriculares, dejando la obra maestra *All Too Well* por la mitad, y me doy cuenta de que está inquietantemente tranquila.

Nicolás y Raquel están colocando los decorados; Álex y Sergio, hablando del partido del deporte al que se hayan enganchado esta semana; el señor y la señora Bennet (por fin recuerdo sus nombres: Amanda y Luis), discutiendo sobre algún tema familiar; María (Mary Bennet), grabando un TikTok, y... ¿Lisa?, ¿Carol?, ¿... Enzo?

Dejo el bolso sobre la primera butaca que encuentro, saludo a quien se percata de que he llegado y me dirijo a los vestuarios. Allí me encuentro a Carol de espaldas a uno de los lavabos, sorbiéndose los mocos, y a Lisa a su lado, con un trozo de papel higiénico en la mano.

Me acerco como tanteando el terreno. No quiero que piensen que estoy ahí para cotillear y, de hecho, hasta preferiría que no me vieran. La verdad es que en alguno de los recovecos de mi cabeza hay una vocecilla que grita que yo tengo la culpa de lo que sea que le haya pasado.

—¿Carol...? —pregunto, y asomo la cabeza con miedo.

—Ay, Gala... —Noto que quiere seguir hablando, pero lo que sea que quiere decir es demasiado grande para ella.

Tiene parte del rímel corrido y me maldigo por haberme dejado el bolso, con las toallitas desmaquillantes dentro, en la otra sala.

—¿Necesitas algo? —añado—. Puedo ir a por...

Lisa junta con fuerza los labios y niega ligeramente con la cabeza, como si el problema de Carol estuviera sentenciado a muerte.

—Sabía que iba a pasar —declara por fin, aspirando aire cada dos palabras. Dirige la vista hacia el techo, como si mirarnos a los ojos fuera a hacerla llorar aún más—. Llevaba preparándome mentalmente desde hace meses. —Se ríe, compadeciéndose de sí misma—. Y, aun así, no le puse remedio. Solo lo dejé pasar, al igual que todo lo demás, esperando que él también lo hiciera.

Avanzo unos pasos hacia ellas de forma algo indecisa.

—No... No entiendo qué quieres decir —confieso con algo de miedo. No sé si va a responder con más lágrimas o con el mayor enfado del mundo.

—Si es que soy estúpida. Se lo he dejado pasar todo. He ignorado su tontería de la comida, le he pasado por alto lo de que le importe más su hermana que lo que llevamos construyendo desde el instituto, le he perdonado que no hayamos follado en todo el jodido verano y... —Aspira una gran bocanada de aire. Después, se gira, abre el grifo y se lava la cara con agua.

Miro furtivamente a Lisa, sobresaltada. Por su expresión, está tan sorprendida de las declaraciones de Carol como yo. Ella se encoge de hombros y yo, por mi parte, intento poner mi mejor sonrisa, aunque lo que quiera hacer en verdad sea preguntarle de dónde han salido todas las estupideces que acaba de soltar por la boca.

—Y, después de todo..., ¡después de todo!, tiene el valor de dejarme. —Suelta una carcajada—. Es que es increíble.

Mientras Carol sigue hablando sobre todos los (aparentes) problemas que ha tenido en su relación con Enzo, me doy cuenta de que no necesitaba que Nicolás le diera el papel de Elizabeth. El papel de su vida es el que representa a diario delante de todo el mundo.

Después de escucharla despotricar durante otros cinco

minutos (en los que no me avergüenza admitir que me he imaginado estampando su cara en un pastel de nata repetidas veces), Carol se arregla el maquillaje y abre el bolso amarillo que lleva colgando del hombro. A continuación, saca su teléfono, lo desbloquea, teclea algo durante unos segundos y lo vuelve a guardar.

—Te he enviado la dirección de casa de Enzo.

Arrugo la nariz y la boca al mismo tiempo y miro a las esquinas del vestuario, buscando alguna cámara que me esté grabando.

—¿Por qué? —pregunto, aterrada y consternada a partes iguales.

—Porque te pareces a la tarada de Sonia, su hermana —explica, y noto que la garganta me arde, suplicándome que la use para soltarle a Carol todo lo que estoy pensando—. No digo que tú también lo estés, ¿eh? —Se ríe, nerviosa. ¿Esa es su manera de arreglarlo?—. Solo que... —Me barre con la mirada de arriba abajo—. Bueno, ella también solía llevar el pelo de colores y fue la que lo metió en lo de no comer animales. A lo mejor, si tú le recuerdas lo que es realmente importante, te escucha. Con ella lo hace. —Resopla—. Siempre.

Capítulo 18

A veces, como el resto de los seres humanos, los directores y los actores también toman malas decisiones. Un ejemplo perfecto de esto es la existencia de un Joker interpretado por Jared Leto o el hecho de que en la película *Cats* se decidiese borrar digitalmente el ano de todos los gatos antropomórficos.

Bueno, en realidad toda la película *Cats* fue una mala decisión, pero eso es un tema aparte.

El caso es que, a pesar de haber interpretado o haber dirigido a tantas personas, nunca llegamos a entender realmente al ser humano. Que no os engañe ninguno con sus citas profundas del estilo «Cuando vives mil vidas, comienzas a comprender la tuya», porque no. No, no. No es verdad.

Si aún es necesaria una demostración más extensa, examinemos el caso de Carol: no solo no comprende que tener dos caretas y usarlas en su beneficio nunca sale bien (lo cual es irónico, ya que, históricamente, es el símbolo que representa el teatro), sino que, al igual que yo, no entiende que su reciente exnovio no quiere verme ni en pintura y tampoco se da cuenta de que yo no soy de ningún modo la persona indicada para tratar de convencerlo de nada.

—Es una mala idea —respondo tras digerir la información.

—Estoy de acuerdo —me respalda Lisa—. Es una idea horrible. —Hace una pausa y me mira con una de esas miradas maquiavélicas que solo había visto en Valeria. El castaño avellana de sus ojos casi se vuelve de un diabólico rojo—. Peeero...

—¿Pero? —pregunto, y tanto Carol como yo esperamos ansiosas su respuesta.

—Pero las malas ideas a veces tienen buenos resultados.

Lisa, Lisa, Lisa. Creía que tú y yo nos entendíamos, que habíamos llegado a una especie de acuerdo mental mutuo de ignorar cualquier cosa que saliera de la boca de Carol a partir de este momento. Pero parece que me equivocaba, porque has decidido escoger el camino de la confusión, las llamas y los psicólogos que te muestran un dibujo con manchurrones mientras te preguntan: «¿Y cuál de tus miedos asocias a esta imagen?». Vamos, el de la absoluta locura.

—A Enzo no le caigo bien. No me hará caso. Vamos, no creo ni que me abra la puerta en caso de que me presente en su casa.

Carol se lleva las manos a las caderas.

—No es que no le caigas bien, es que... —Chasquea la lengua—. Te pareces demasiado a su hermana.

Perfecto.

Realmente perfecto.

Soy la pringada a la que le entran los calores por un tío que no me puede ver porque le recuerdo a la hermana con la que parece que tiene problemas sin resolver. Que alguien me dé una nariz de payaso porque no necesito más disfraz.

Tomo la mayor bocanada de aire de la que mis pulmones son capaces y, mientras me imagino a Nelson de *Los Simpsons* apuntándome con su acusatorio dedo índice mientras repite «¡ja, ja!», trato de contener las ganas que me han dado ahora de llorar.

—¿Te lo ha dicho él? —inquiero.

—Es bastante obvio —responde ella—. No te lo quise decir antes porque... Bueno, no quería que le sacaras el tema porque es muy delicado para él. Pero ahora... En fin, si no me hubiera dejado, no tendría que haber recurrido a esto.

No sé si se da cuenta de que este no es el plan maestro que ella piensa que es. En caso de que todo esto sea verdad, como parece, que Enzo se entere de que me ha hablado de su hermana solo va a conseguir que se afirme más en su intención de continuar separado de Carol. Y, sinceramente, si tengo la oportunidad de dar mi opinión, pienso apoyar su decisión hasta con banderitas si hace falta.

Carol avanza hasta mí y, sin previo aviso, me coge las manos de la manera más delicada posible. Su piel está casi tan helada como su empatía.

—¿Lo harás? —Sonríe, y las pecas de sus mejillas se desplazan con el movimiento.

Por encima de su hombro veo a Lisa llevarse una mano a la boca para tratar de contener una risita. Prometo hacerle pagar semejante traición.

—Pueees… —balbuceo, los ojos claros de Carol brillan con fuerza.

Vamos, di que no, Gala. ¿A qué esperas? No es tan difícil: «He tenido suficiente bochorno relacionado con Enzo como para tres o cuatro reencarnaciones, gracias». Trato de formar la palabra *no* con mis labios, pero todo mi cuerpo parece haberse puesto también de parte del enemigo.

Mi mente me muestra escenas junto a él en los ensayos, como si fuera mi propia película de tortura personal, y, además, me recuerda el cosquilleo que siento cada vez que lo veo o lo escucho declarar su amor hacia mí como Mr. Darcy.

Y acabo aceptando.

—Vale. Pero no prometo nada. —*Y no lo hago por ti, por cierto*, me falta añadir.

Carol me rodea con los brazos y trata de abrazarme con fuerza, sin buenos resultados.

—Gracias por ayudar a una amiga en apuros —agradece, y entonces se separa, se recompone y abandona el vestuario después de colocarse su otra careta.

Me encuentro con mi tía Alicia frente a la puerta del restaurante que prácticamente me amenazó a elegir. Lleva un vestido largo con lunares que se ajusta perfectamente a cada una de sus curvas, tanto las del estómago como las de la cadera. Como de costumbre, ha resaltado sus ojos pardos con el rímel azul del que tan fan es desde hace varios años.

—¿Te has hecho algo nuevo en el pelo? —pregunta después de saludarme y abrazarme mientras me coge un mechón.

—Teñirlo y torturarlo con el cloro de la piscina que había en la casa rural —respondo.

—Es muy bonito —apunta, sonriente—. Aunque...

—Aunque estaría mejor con mi color natural —termino, pues sé muy bien lo que quería decir.

—Ya lo sabes. —Ríe.

No suelo tolerar que otras personas opinen sobre mis decisiones estéticas, ya que es mi cuerpo y soy yo la que decide. Aun así, cuando mi tía Alicia me da su opinión, no siento necesidad alguna de responder como normalmente lo haría; su tono cariñoso y sus buenas intenciones hacen del todo imposible que le conteste mal.

—Tu madre me ha llamado para decirme que han entrado un par de pacientes en el último minuto y que tiene pinta de que la cosa va para largo. Me ha prometido que llegaría para el café —me informa, y yo asiento. Luego, mira la graciosa estatuilla reluciente de un chef sujetando la carta del restaurante que hay a su derecha y comenta—: ¡Esto no estaba antes!

—Carlo se debe de estar reinventando.

—¡Como si lo necesitase! —se queja—. Sus *pizzas* son las mejores de todo Madrid.

—Así lo dice el premio que le dieron en 1998 —apunto recordando el trozo de periódico recortado que tiene enmarcado en una de sus paredes.

Ambas nos reímos al unísono y, a continuación, me aventuro a abrir la puerta. Ella entra en primer lugar.

El restaurante está tal como lo recordaba: con sus paredes de un dorado apagado, sus sillas de madera y sus manteles de tela roja. Carlo nos recibe y, después de una pequeña conversación trivial, nos invita a sentarnos en la mesa que mi madre había reservado para tres.

—¿Cuál pedimos hoy? —pregunta mi tía Alicia mientras abre la carta a pesar de que prácticamente nos la sabemos de memoria. Se pone las gafas de cerca que lleva colgadas al cuello—. ¿La carbonara sin beicon, la cuatro quesos sin queso azul o la *ortolana*?

—Hummm… Venga, la *ortolana* —me decido.

Cierra la carta y la deja en una de las esquinas de la mesa. En ese momento, un camarero nos trae las bebidas que habíamos pedido (una copa de vino blanco y una Coca-Cola Zero) y se marcha después de pedirle la *pizza* que queremos.

—¿Y qué tal fue en la casa rural? Me acuerdo de que solías ir a una con el colegio para ver pavos reales, gallinas y aprender a hacer pan —me comenta tras retirarse las gafas.

Pongo una expresión de asco.

—Dios, siento tanto que te vieras obligada a comer eso… —me lamento avergonzada, y me escondo detrás de las manos.

Ella empieza a reírse a carcajadas. Su risa siempre me transmite una calidez y una seguridad parecidas a las de una buena manta en invierno.

—Es una de esas cosas que se hacen por amor.

—Te aseguro que yo no me habría comido un trozo de masa medio cruda con forma de gato deforme ni por todo el amor del mundo —contesto mientras me coloco un mechón de pelo tras la oreja.

—Ah, ¿se suponía que eran gatos? —inquiere, incrédula. Luego, acerca el rostro hacia mí, como si estuviera a punto de contarme un secreto—. Siempre pensé que eran ratones.

—¡Pues claro que eran gatos! —refunfuño con un tono divertido.

—Bueno, cariño, piensa que tus talentos artísticos estaban en otra parte —me consuela, a pesar de que no es necesario—. Entonces, ¿la casa bien?

Dejo caer los hombros. La verdad es que es una pregunta de lo más ambigua y confusa.

—Sí, supongo.

Ella frunce el ceño y los labios al mismo tiempo, lo que hace que le aparezcan dos pequeñas arrugas en la comisura izquierda del labio.

—¿Supones? ¿Qué quieres decir con eso?

Me rasco la sien.

—Pues que hubo momentos divertidos y otros no tanto.

—Pero eso pasa siempre —recalca—. Aun así, tienes que saber si ha habido más días buenos que malos, o ha sido al revés.

A veces se me olvida que mi necesidad por saber las cosas es algo heredado.

—A ver, es que pensaba que uno de mis compañeros me odiaba, y resulta que se largó en medio de una escena el viernes por la noche y el sábado por la mañana me enteré de que se había marchado de la casa rural. —Mi tía Alicia escucha atentamente. Al contrario que yo, ella no suele interrumpir hasta que está segura de que el otro ha terminado de hablar—. Así que tuvimos que hacer el resto de los ensayos sin él. —Cojo aire—. Bueno, pues ahora resulta que lo ha dejado con su novia, la que hace de la Elizabeth principal, y a la chica no se le ocurre otra cosa que decirme que vaya a convencerlo de que no la deje.

Por su cara, parece que le he explicado algún teorema de química cuántica.

—Y esta chica… ¿por qué te ha pedido eso a ti? —pregunta extrañada—. A mí me parece que, sea lo que sea, es algo que debería resolverse en la intimidad de la pareja.

—Porque se ve que el tío no me odiaba, sino que le recuerdo a su hermana, por la que pierde el culo —digo dubitativa—… O con la que tiene problemas. La verdad es que no lo entendí muy bien —bufo. Acto seguido, apoyo los codos sobre la mesa y me llevo las yemas de los dedos a la frente para masajearla.

El camarero nos interrumpe durante unos segundos para dejar la *pizza* sobre la mesa y desearnos buen provecho.

—Y este chico… ¿te gusta? —pregunta ella como si nada.

Abro los ojos como platos, como si hubiera dicho algo prohibido.

—No —declaro rotundamente, pero luego siento el amargo sabor de la mentira danzando al fondo de mi garganta—. Sí. No lo sé.

—Eso es que sí. —Sonríe, como cuando me pillaba escabulléndome de la cama la madrugada del día de Reyes para contar los regalos que me habían dejado—. En el amor no hay medias tintas.

—Eres la única que ha hablado aquí de amor —digo mientras cojo una porción y la dejo sobre mi plato.

—Sea como sea, parece que esa chica no te ve como competencia.

—Competencia —repito entre risas.

—No he dicho nada raro.

—No, no —aseguro, y me llevo el primer bocado a la boca. Tiene un delicioso trozo de calabacín y un necesario toque de albahaca.

—Yo creo que deberías ir y hablar con él —me recomienda mientras coge otro trozo. El queso se estira desde su posición inicial hasta su plato.

Vale, esta traición me ha dolido más que la de Lisa. Mucho más.

—¿Por qué?

Ella bate sus pestañas azules varias veces.

—Pues porque no te vas a quedar con eso dentro —dice, y se señala a sí misma con ambas manos mientras las sacude—. El amor se empieza a vivir cuando se comparte con el otro, sea cual sea su respuesta; de otra manera, solo es una estúpida condena que te pones a ti misma sin fecha de caducidad.

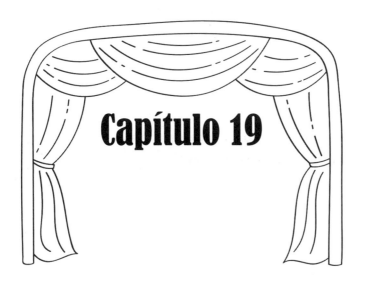

Capítulo 19

El cielo está tímidamente teñido por unos maravillosos tonos anaranjados cuando cojo un bus hasta el norte de Madrid.

Después de incontables paradas y algún que otro atasco, cruzo las enormes torres de plaza de Castilla, el Hospital de la Paz y un puente que atraviesa la M-30 y llego a mi destino: una extensa calle iluminada de mala manera, con algunas farolas aquí y allá, y sin ningún tipo de negocio a la vista, ya que todo lo que hay a mi alrededor son viviendas.

Miro el móvil y, según Google Maps, solo tengo que andar seis minutos en línea recta para llegar a mi destino. Mejor, porque, por triste que parezca, no es que me sienta demasiado segura callejeando sola por esta zona.

Comienzo a caminar tras ajustarme el vestido, que, gracias a estar privado de oxígeno durante, al menos, una hora, ha decidido absorber todo el sudor de mis muslos y arrugarse de la peor forma posible.

Mientras tanto, intento no pensar en lo que va a suceder, porque ya me he comido suficiente la cabeza durante el trayecto. He valorado todos los posibles discursos que podría ofrecerle a Enzo, desde «Mira, sé lo de tu hermana y la situación ya es bastante rara para que ahora encima me cierres la puerta en la cara» hasta «¿Qué tipo de psicópata era tu exnovia y por qué no nos avisaste antes?», pero ninguno me ha terminado de convencer.

Sí, podría haberle pedido consejo a Valeria. Pero resulta que no sabe que estoy aquí; ni ella, ni Carol, ni Lisa, ni mucho menos Enzo, por supuesto.

Esto promete.

Al llegar al portal indicado, me llevo una mano al pecho y trato de calmarme respirando profundamente. Mi corazón late tan fuerte que casi parece amenazar con escurrirse entre mis costillas y abandonar mi pecho.

¿Y si...? ¿Y si le dejo hacerlo? Podría incluso ofrecerle una especie de tobogán para cuando salga se deslice hasta un precioso cubo de basura.

Suspiro y trato de animarme a mí misma.

Puedo hacerlo.

Voy a hacerlo.

Reviso por millonésima vez la dirección que Carol me envió y me cercioro de que, en efecto, tengo que pulsar el botón del 1º C. Al levantar la mirada hacia el telefonillo, me doy cuenta de que no tiene cámara y siento un alivio que no creí que fuera posible sentir. Ahora solo falta tener la suerte de que no esté en casa. Quién sabe, quizá esté salvando ardillitas en la montaña o donando sangre en el hospital.

Un momento. Estoy pensando bien de él.

Y eso solo puede significar una cosa: que estoy metida en un problema mayor del que me imaginaba.

Mierda.

Mientras continúo debatiendo este gran dilema, un señor que al momento supongo que es el portero del edificio abre la puerta. Lleva una gran barba blanca y tiene una escoba y recogedor en la mano.

—¿A qué piso vas? —me pregunta.

—Eh… —musito. No sé por qué dudo, si lo sé perfectamente—. 1º C —respondo finalmente.

—No pareces muy segura. —Se ríe con la típica risa de señor bonachón.

—Estoy segura del piso —trato de defenderme—, aunque no mucho de querer llegar a él.

—Bueno, decidas ir o no, siempre vas a llegar a algún sitio —declara. Luego, me sujeta la puerta con la mano que tiene libre y me invita a pasar—. ¿Qué va a ser, entonces?

—Voy —decido, y me aventuro al interior del edificio.

Tras entrar y echar un vistazo rápido, decido subir por las escaleras hasta el primer piso. Al llegar, necesito unos segundos para ubicarme y encontrar la puerta correcta. Cuando lo hago, me acerco a ella y me coloco sobre el felpudo.

—Vale. Esta es la última. La última oportunidad que le doy a esta persona. Si sale mal, dejo de intentarlo —me digo a mí misma en voz baja y, sin demorarlo más, toco el timbre.

Me arrepiento en ese preciso momento.

Era mentira. No puedo hacerlo.

Me planteo echar a correr, huir y no mirar atrás, pero es demasiado tarde: detrás de la puerta oigo el rumor de unos pasos que se acercan a mí y, antes de lo esperado, esta se abre.

Enzo se alza frente a mí, atónito, como si estuviera viendo un fantasma. Sus ojos verdes reflejan la luz amarilla del descansillo y sus labios se despegan poco a poco a causa de la impresión.

—Hola… —me atrevo a saludar, con la boca pequeña.

—¿Gala? —pregunta, y se asoma para mirar a ambos lados, como buscando a alguien—. Gala, ¿qué haces aquí? ¿Cómo…?

—Carol —respondo.

Aprieto tanto las manos que creo que con las uñas me he dejado marcas de medialunas en las palmas.

—Ya. —Toma aire—. ¿Y qué…? ¿Qué quieres?

Desvío los ojos hacia otro lado. A pesar de que lleve unos pantalones grises de chándal y una camisa de tirantes blanca, siento que mi respiración va a volver a acelerarse si continúo mirándolo.

—Hablar.

—Hablar —repite él, como si no creyera mis palabras.

—¿Puedo pasar o vas a obligarme a quedarme aquí de pie? —pregunto, y me doy cuenta al momento de que ha sonado mucho más desagradable de lo que esperaba.

Él se pasa una mano por el pelo y se lleva varios rizos hacia atrás.

—No es una buena idea, Gala —dice con la voz quebradiza.

—Tampoco es una buena idea dejar de lado durante meses a tu compañera de elenco con excusas vacías y aquí estamos —respondo.

Que una modesta sonrisa invada su rostro durante unos instantes no era la reacción que esperaba después de soltar eso.

—Sigues sin entenderlo —vuelve a decirme.

—Sí, chico misterioso, sí que lo entiendo. Sé lo de tu hermana —confieso, y sus cejas se elevan al oírlo.

—¿Qué sabes de Sonia?

—Te lo cuento si me dejas entrar. Incluso puedo sentarme en el suelo si quieres.

Aunque debate consigo mismo durante unos instantes, termina accediendo a mi petición. Al pasar a su lado, vuelvo a percibir el aroma de su estúpida y asquerosamente irresistible colonia amaderada.

—¿Quieres algo de beber? —pregunta mientras se dirige a la cocina, que está delante de nosotros.

—Agua —digo para molestar lo menos posible pero para saciar mi garganta seca.

En los segundos que tarda en coger un vaso y verter agua en él desde una botella de cristal, examino su casa. A primera vista, parece un piso antiguo con algunos toques de este siglo; por ejemplo, al lado de la televisión de pantalla plana en la que se ve una película pausada de Netflix hay una librería de madera que perfectamente nos serviría para el decorado de la obra de teatro.

—Aquí tienes —dice mientras me ofrece el vaso en medio del pasillo. Al cogerlo, rozo sus dedos, lo que hace que un pequeño calambre frío me recorra la mano—. Ven.

Solo tenemos que dar unos pasos a la izquierda para entrar al salón. En el techo hay una lámpara que emite luz blanca y que es también ventilador. Además, hay un par de sillones cubiertos por una fina tela de color crema que parece querer esconder algo realmente catastrófico.

—Créeme, es mucho mejor que lo que hay debajo —recalca él al cazarme observándolos—. Son de un naranja horrible.

—No estaba juzgando.

—Ya —responde, incrédulo, con una sonrisa—. Solo estabas mirándolos con mucho asco.

Enzo detiene la incómoda conversación para sacar una de las sillas que hay bajo una mesa para seis y tomar asiento. Luego, con un gesto de la mano, me invita a acomodarme en uno de los sillones.

—Bueno, ¿qué te ha contado Carol de Sonia?

Joder, sí que tiene ganas de terminar cuanto antes para que me largue.

—Que es básicamente el motivo por el que me has estado ignorando —respondo, y percibo que mi confesión lo hace sentir incómodo.

La brisa proveniente del ventilador hace danzar unos mechones de su oscuro cabello.

—¿Eso ha dicho? —inquiere, tenso.

Niego con la cabeza y dejo el vaso de agua sobre la mesa de cristal que hay a mi lado.

—Ahora me toca preguntar a mí. —Parece sorprenderle mi petición, pero no se opone a ella—. ¿Qué tipo de trauma tienes con tu hermana para haberle hecho el vacío a alguien que no conocías solo porque se parece a ella? —pregunto, y Enzo parece totalmente desconcertado—. Sé que, en teoría, es algo personal y que no me incumbe, pero has conseguido que lo haga.

—¿De qué hablas?

Me echo hacia atrás.

—¿Cómo que de qué hablo? ¿En serio vas a fingir que no entiendes lo que te estoy diciendo? —pregunto, molesta.

—Claro que lo entiendo. Pero no sé de dónde lo has sacado.

—De Carol.

Por su rostro, parece haber comprendido el sentido de la vida.

—Ah. Claro. —Se ríe como si acabara de contar un chiste—. Si has venido por eso, puedo asegurarte que no tienes nada de lo que preocuparte.

Tras decir esto, se queda en silencio.

—¿Y ya?

—¿Cómo que «y ya»?

—No vas a decir nada más. No me vas a explicar por qué no soportas que exista o que respire a tu lado si no estamos obligados a ello por los ensayos. Te provoco tal rechazo que ni siquiera piensas que merezca una explicación.

Espero durante unos segundos, pero lo único que oigo es el sonido de una ambulancia, el de unos cuantos coches y el de las aspas del ventilador.

Enzo no tiene intención alguna de responder.

Y, tal como me he prometido a mí misma, me niego a seguir intentándolo.

Se ha acabado.

Me levanto, le agradezco el vaso de agua y, tras sacudirme el vestido violeta que él no llegó a ver en la casa rural, me doy la vuelta con la intención de salir de ahí.

Pero, justo cuando estoy a punto de cruzar el umbral de la puerta, escucho una voz a mi espalda.

—Lo único que me provocas son unas constantes y absurdas ganas de besarte.

En ese momento siento como si un relámpago me hubiera atravesado; una sensación paralizante que me dificulta hablar e, incluso, respirar con normalidad.

Me doy la vuelta sin dudarlo y me encuentro a un Enzo que está haciendo lo posible por contenerse. Se agarra las manos con tanta fuerza que se le marcan todos los tendones y tiene la mirada totalmente perdida. El verde de sus ojos está casi difuminado, como lo que sea que esté pensando. En este momento, es indescifrable. Un libro completamente cerrado.

—¿Estás de broma? —escupo nerviosa y apoyo una mano en el marco de la puerta.

—Ojalá lo estuviera. Todo habría sido mucho más sencillo —confiesa, y suelta una bocanada de aire en forma de risa.

—¿Y por qué te has comportado así?

Levanta el mentón y clava los ojos en mí.

—Tengo mis motivos.

—Que me parezco a tu hermana. Es raro, pero...

Sin decir nada, Enzo se levanta, se dirige a la estantería y coge una fotografía enmarcada. Luego, se acerca a mí y me la muestra. En ella aparece una versión adolescente suya y, a su lado, una chica con la piel mucho más oscura, el pelo corto, rizado y rojo y un tatuaje de un diente de león en el hombro. Su rostro es más redondo que el mío, sus ojos, más rasgados y su nariz, más ancha y, en general, transmite la impresión de ser una persona reservada y de no tener demasiadas ganas de estar ahí.

—No nos parecemos —digo en alto, pero más para mí misma que para él.

—No. No os parecéis —responde, sin importarle demasiado el hecho de llevar razón. Luego, me quita la foto de entre las manos, la deja sobre otro mueble y se acerca peligrosamente a mí—. ¿Tienes alguna otra declaración que hacer? —añade casi respirando la pregunta sobre mí.

Levanto la mirada y me encuentro con la suya. Me da la sensación de que está a punto de perder el control, signifique lo que signifique eso para él.

—La verdad es que sí —me atrevo a decir—. Si tantas ganas tenías de besarme, ¿por qué no has hecho nada antes? ¿Por qué no dejaste a Carol antes y...?

—¿Puedo besarte? —pregunta de repente. Más que a pedir permiso, ha sonado a súplica. Sus ojos han pasado de estar clavados en los míos a no dejar de mirar mi boca.

Apenas puedo procesar lo que acabo de escuchar. En su lugar, me quedo paralizada por la pregunta, que martillea de manera cruel en mi mente. Me murmura los infinitos y variados sabores que podría descubrir en los labios de Enzo, y también la manera en la que me quedaría sin aliento al sentir su cuerpo tan cerca del mío. Me susurra todas las zonas de mi cuerpo en las que le pediría que me besara, y también lo diferente y especial que se sentiría cada uno de esos besos.

Trago saliva mientras él continúa luchando contra sí mismo.

—Gala, por favor. Responde —suplica, y la vena del cuello se le hincha, bañada por una luz que perfila su silueta.

Esto no es a lo que había venido, no es lo que esperaba. He hecho el viaje para obtener la respuesta a la duda que lleva todo el verano corroyéndome y todavía no la he conseguido.

Y, sin embargo...

Antes de terminar de asentir con la cabeza, Enzo murmura un «gracias» tan lleno de alivio que me hace pensar en el que alguien condenado a la pena de muerte podría dar a su salvador, y, sin contenerse ni un segundo más, posa una mano sobre mi mejilla y me besa como si mis labios fueran agua y él llevara demasiado tiempo sin probar ni una sola gota.

Capítulo 20

Al principio, el beso está tan cargado de necesidad que parece que puede desbordarse de nuestras bocas. Sabe al dulce de la Coca-Cola y al de la miel, y también a un puñado de cosas que nunca creía que podría saborear en los labios de otro: riesgo, urgencia y gratitud. Es cálido y, a la vez, húmedo. En realidad, es todo lo que llevo imaginándome desde que lo conocí; todo lo que se le puede pedir a un beso que sea.

Antes de darme cuenta, me gira y me obliga a reposar la espalda sobre el marco y, sin separarse ni por un instante, desliza las manos por debajo de mis muslos y me alza con sus brazos.

A continuación, pasa los labios y la lengua por mi cuello, como queriendo degustarlo sin dejarse ni un solo hueco, y no puedo evitar soltar un vergonzoso gemido. Por algún motivo, esto parece incentivarlo a clavarme con más fuerza sobre la madera mientras continúa con su autoimpuesto cometido.

—No sabes… —Respira con ansia—… el tiempo que llevaba necesitando hacer esto.

—«Necesitar» es una gran palabra —respondo en un murmuro mientras trato de no hundir las uñas en su espalda con demasiada fuerza.

—Lo es —se jacta él.

La luz del salón le ilumina medio rostro y hace que su piel brille con la intensidad del jaspe. La oscuridad del pasillo engulle la otra parte, como queriendo hacerla suya.

Llevo las manos a su cabeza y jugueteo con sus sedosas y morenas ondas y, después de volver a mirarlo y de fijarme en cómo sus pestañas acarician su piel al cerrar los ojos. Dejo que la tensión se apodere de mí y vuelvo a besarlo, esta vez, más consciente de lo que está sucediendo. En consecuencia, él se agita todavía más, con la respiración entrecortada.

—Sería tremendamente feliz haciendo esto toda la noche —confiesa inesperadamente.

—Está bien… —digo, confusa.

—Quería que lo supieras antes de proponerte ir a la cama —añade, y es entonces cuando me doy cuenta del bulto entre sus pantalones que me roza sin querer la pierna derecha.

—Creo que sería incapaz de decirte que no a nada —confieso sin pudor.

Él se aparta con delicadeza y me deja de nuevo en el suelo.

—No digas cosas de las que puedas arrepentirte luego, Gala —dice, y lo repite como un ruego.

De repente, me coge de una mano y me hace girar sobre mí misma, lo que hace que el vuelo del vestido gire conmigo.

—Sí. Eres perfecta —sentencia con una sonrisa después de examinarme minuciosamente. Luego, me coge en volandas y se adentra en la oscuridad, hasta que llegamos a otra habitación, donde me deja con gentileza sobre un colchón.

Después de encender una lamparita que apenas da luz, se coloca sobre mí, con mi cuerpo entre sus piernas. Aunque él sea mi principal foco de atención, no puedo evitar fijarme en las paredes grises, decoradas con decenas de fotografías y pósteres que anuncian diferentes obras de teatro.

—Si estás incómoda con algo, dímelo —me pide, y vuelvo a asentir.

Siento como si sus palabras fueran una caricia a alguien privado de cariño durante demasiado tiempo. Con Álex nunca tuve problemas, ni, afortunadamente, con ningún otro chico, pero esto…, esta preocupación, esta necesidad de que me sienta cómoda es algo que…

—Gracias —digo, y, aunque sé que no ha dicho nada que deba agradecer, no me arrepiento de haberlo dicho.

Él aproxima su rostro al mío y comienza a besarme de nuevo en la boca, mi cuerpo se estremece con una intoxicante calidez. No obstante, esta vez no deja de besarme mientras desciende en línea recta, a pesar de que mi vestido sigue en su sitio. Pasa por mi cuello, mi esternón, mi estómago y, justo antes de llegar adonde deseo que llegue, se detiene y sonríe de manera tentadora.

Mientras lo maldigo en voz baja, vuelve a incorporarse para deshacerse de su camiseta y, solo entonces, coge mi vestido y lo desliza hacia arriba poco a poco, como disfrutando de cada centímetro revelado de mi piel. Descubre la cicatriz que me hice de pequeña en el muslo, el gran tatuaje de Melpómene que llevo en el otro, los dos tallos de lilas que coronan la parte baja de mi barriga y la ornamentación victoriana que un tatuador especializado en ella diseñó para la parte inferior de mis pechos.

Enzo no dice nada; se limita a observar mi cuerpo, lleno de tinta y de lunares, como si fuera la medicina que tanto tiempo lleva anhelando.

—Eres preciosa —declara con una voz gutural antes de volver a aproximarse a mí para besarme. Sin embargo, al apartarse, no lo hace del todo, y permite que nuestros alientos se fundan en uno.

—Es extraño escucharte decir esas palabras después de tanto tiempo creyendo… —confieso.

—Lo siento —susurra—. Aunque puedo darte otra cosa en la que creer.

Sin decir nada más, vuelve a tomar el mismo recorrido que hace unos instantes, solo que, esta vez, al no haber nada entre su boca y mi piel, el mero roce de sus labios envía pequeñas descargas de frío y calor por todo mi cuerpo.

Al llegar a mi centro, abre la boca y con la lengua termina de empapar lo que ya estaba húmedo. La desliza de un lado a otro y me engulle y me derrite como si fuera su porción favorita de chocolate durante varios minutos, lo que me hace gemir sin control alguno.

Mi respiración se vuelve todavía más irregular y mi mente trata en vano de racionalizar todo lo que está sucediendo, todo lo que Enzo está haciéndome sentir.

—Podría acostumbrarme a estar arrodillado delante de ti —murmura mientras reparte besos por mis ingles.

Antes de poder responder, él decide continuar torturándome con un húmedo deslizamiento lento y ávido antes de retomar la velocidad de antes.

No me permito mirarlo porque no quiero ver lo afectado que está, no quiero contagiarme aún más de esa corroyente necesidad que parece haberlo sacado de la realidad.

Tras provocar que mi cuerpo y alma estallen en miles de pequeñas piezas iridiscentes, se quita los pantalones con un solo movimiento y me toma de la manera que solo alguien que ha cedido a la completa tentación haría.

Todas mis dudas, recuerdos y hasta la idea de quién soy abandonan a la vez mi cabeza y dejan espacio únicamente a lo que estoy sintiendo en este momento. Su cálida y húmeda piel se funde con la mía mientras también lo hacen nuestras bocas. Al despegarse de mí para recobrar un atisbo de racionalidad, se detiene y mira mi pecho, sobre el que aún reposa mi vestido arrugado, y me doy cuenta de que su labio inferior está húmedo de deseo por llevárselo a la boca.

Sonríe y, después de ceder a su apetito, lleva una de sus manos a mi pierna derecha, que me obliga a posar sobre su hombro mientras vuelve a hacerse paso dentro de mí.

Después de un rato, siento como si hubiera encontrado un refugio eterno en mi cuerpo, como si mis venas, mis huesos y mis músculos estuvieran listos para hacerle un hueco. Todo lo que soy grita que lo que tengo de él no es para nada suficiente para saciarme. Necesito más.

Necesito sus brazos rodeándome. Sus dedos hundidos en mi piel. Sus labios recorriendo mi cuerpo.

Lo necesito a él por completo.

—Antes has dicho que no podrías decirme que no a nada —murmura en mi oído. Me retira un mechón violeta de la frente y, tras darse cuenta de que no soy nada más que un manojo de nervios y lujuria, continúa—: Quiero que ahora me mires.

—¿Qué?

—Mírame —repite, y se aparta de mí.

Recelosa, accedo a su petición y no aparto la mirada de él, lo que resulta en mi absoluta perdición; provoca que me pierda en su verde, en su brillo y en su necesidad. Caigo en sus ojos y sé que nunca podré salir de ahí. Estoy completamente atrapada en ellos.

—Bien —dice, y su voz raspa su garganta.

Vuelve a embestirme, esta vez de una manera algo más brusca, y mi cuerpo ruge. Mi pecho asciende y desciende entre jadeos mientras me agarro a las sábanas azuladas buscando algo que me devuelva al mundo.

Ambos dejamos ir el último atisbo de razón y nos desatamos a la vez, con nuestras respiraciones sincronizadas, y, justo cuando el orgasmo amenaza con llegar, curvo la espalda, susurro un embarazoso «joder» y le doy paso.

Y todo se convierte en un mar de estrellas blancas, temblor, sudores fríos y el calor de la piel de Enzo.

La luz del alba se hace un hueco entre el amasijo de sábanas y cuerpos y acaricia cálidamente nuestra piel expuesta.

Estoy tan exhausta y confusa que no sé muy bien si la cancioncita que llevo escuchando desde hace unos segundos proviene realmente de un móvil o de mi cabeza; sin embargo, que Enzo responda una llamada termina aclarándolo.

—¿Sí? —responde él con la voz algo rasposa.

—Deberías estar aquí —oigo que dice una voz de mujer al otro lado del teléfono. Parece bastante molesta—. ¿Tan poco te importa?

Abro los ojos y lo primero con lo que me encuentro es con su espalda, definida y ligeramente musculada. Tiene algunas marcas de un alarmante tono carmesí a la altura de los hombros, lo que hace que me pregunte en qué clase de persona logró convertirme en cuestión de minutos.

—Ya hemos hablado de esto —contesta él, algo enervado. Acto seguido, se escurre entre las sábanas y sale de la cama para abandonar la habitación.

Cierra la puerta tras él y me deja sola en su cuarto. ¿Confía tanto en mí o simplemente confía haberme agotado lo suficiente para que no me interese otra cosa más que dormir?

Me incorporo y, sentada sobre donde he pasado la noche, miro el hueco que Enzo ha dejado en la cama, lo que provoca que, inesperadamente, comience a desfilar por mi mente a cámara vergonzosamente lenta una perfecta y vívida reconstrucción de lo que pasó anoche. Siento un hormigueo en el estómago y otro en las mejillas y no puedo evitar estremecerme.

No sabía que me gustase tanto recrearme en este tipo de cosas.

Supongo que lo añadiré a la lista de cosas que Enzo me ha descubierto.

Como no tengo otra cosa que hacer, ya que hoy trabajo en el turno de tarde, remoloneo un poco más en la cama y, cuando me noto preparada para enfrentarme a las consecuencias de mis acciones (entre ellas, que Enzo me vea con el maquillaje corrido y tener que responder a un millar de preguntas de Valeria), me levanto.

Examino la habitación en busca de algo que pueda servirme como espejo y no tardo mucho en dar con uno pequeño, que descansa sobre una cómoda de más de cinco cajones. Me desplazo hacia él y me miro: mi reflejo me muestra a una Gala totalmente despeinada, con una pequeña marca púrpura en el cuello, los labios hinchados y, por supuesto, restos de tinta negra alrededor de los ojos. Básicamente, parezco un mapache alternativo y pervertido.

Podría acostumbrarme a ello.

Me peino como puedo con los dedos, por lo que me siento igual que la Sirenita, y luego trato de deshacerme de las manchas más visibles de *eyeliner*, pero, antes de que haya acabado, Enzo vuelve a entrar en la habitación.

—Estás despierta —dice, sorprendido. Lo único que lleva puesto son unos calzoncillos ajustados, lo que me recuerda...

Yo solo llevo las bragas.

De repente, me siento demasiado expuesta.

—Sí —digo, agitada, mientras busco mi vestido. ¿Dónde lo lanzaría anoche? ¿Y por qué lo haría? ¿En qué mundo yo, Gala, duermo semidesnuda al lado de Enzo?—. Me ha... Me ha despertado tu móvil y... —digo mientras me paso una mano por el pelo y rodeo la cama. El vestido estaba enredado entre las sábanas.

—¿Estás bien?

—¿Lo estás tú? —respondo sin pensarlo mientras me pongo el vestido.

Enzo se ríe entre dientes, pero no me importa. El alivio

que siento al deshacerme de la vulnerabilidad de estar desnuda es mucho mejor.

—Perdón. —Respiro aliviada y me siento sobre la cama—. Estaba...

—Preciosa —termina por mí.

Noto mis mejillas sonrojarse. ¿Qué clase de historia de adolescente enchochada es esta y por qué estoy protagonizándola con veintiocho años?

—Ahora mismo estoy necesitada de una buena ducha —declaro, y trato de ignorar el efecto que una sola palabra suya ha tenido en mí. Por si fuera poco, mi estómago ruge en voz alta—. Y de algo que comer —añado.

—Vale —dice, y sonríe con los ojos—. ¿Te gusta...?

—Me gusta todo —respondo, aunque no es del todo cierto. La verdad es que no quiero ser demasiada molestia.

Él eleva de manera decepcionada una de las comisuras de sus labios.

—Auch.

—Sabes que no lo decía por eso —digo, reticente a caer en sus juegos. Al menos, no en estos—. De hecho, lo de anoche... En fin, estuvo bien.

—Creo que te pareció más que eso. Vamos, eso es un seis de diez. ¿Solo merezco un seis de diez? —continúa burlándose. ¿Quién es este Enzo y por qué no lo he conocido antes?

Ah, sí.

Por aquello de que no me soportaba.

—¿Crees que podríamos..., ehm, terminar la conversación que vine a tener ayer?

Da un paso hacia delante y la luz incide directamente en su piel tostada. Ahora que me fijo mejor, mucho más que ayer, al menos, me recuerda al color meloso que baña los bosques en otoño.

—¿Cuál? ¿La de que te odio porque te pareces a mi hermana negra? ¿O mejor abrimos la de que te has acostado conmigo sin tener demasiado en cuenta a Álex? —pregunta sin mover un solo músculo de su rostro.

Mierda.

Álex.

No había pensado en él.

Más bien, no había pensado en que Enzo creía que éramos pareja.

Un momento, ¿de verdad lo primero que va a hacer cuando vuelvo a sacarle el tema es echarme algo en cara?

—Respecto a Álex…

Enzo estalla en risas antes de que termine de hablar. Dios, cómo adoro ese sonido. Es tan sincero, tan acogedor, tan… tan excitante. Suena a aventura, a emociones nuevas y a cometas danzando por el aire.

—Es broma. No hace falta ser un genio para ver que ahí no hay nada —aclara—. No os he visto besaros ni una sola vez. Tampoco abrazaros. ¿Quién odia a quién, Gala? —me pregunta, desafiante.

Perfecto. Un nombre más para mi lista de personas a las que devolvérsela.

—Pues no —respondo fingiendo cierto desinterés—. No hay nada. Por no haber, no hay ni relación —confieso finalmente. Luego, hago una pausa e inclino la cabeza, cuestionando sus palabras—. Has afirmado muy seguro no haber visto nada para apenas haberme dirigido la mirada en todo el verano.

Él aprovecha para acercarse a mí. Su cabello está peinado hacia un lado con un poco de agua y sus ojos brillan como el rocío matutino en el césped.

—No pretendo sonar como un acosador, pero digamos que estoy bastante seguro. Es difícil apartar la mirada de ti, Gala. Creo que te diste cuenta de eso hace un tiempo.

Pienso en todas las veces que lo cacé observándome durante los ensayos, en todas las miradas furtivas, fugaces y evasivas. ¿Estaba tratando de contenerse?

Siento una oleada de calor danzando por todo el pecho y el rostro.

—Sea como sea. —Me aclaro la voz—. Sigo queriendo saber por qué te has comportado así conmigo.

Mi estómago vuelve a rugir, ansioso.

—Oh —contesta él, y levanta ligeramente una ceja—. Vamos a desayunar.

Ni hablar. De eso nada. No va a seguir evitando el tema. Ni siquiera para darme de comer.

Lo rodeo con un andar apresurado y me coloco entre él y la puerta.

—No. Antes responde. —Aprieto los dientes—. Por favor.

Se toma unos instantes para analizar la situación y, tras unos segundos, elige la misma opción que ha escogido siempre desde que nos conocimos.

Huir.

—¿Podemos dejarlo para otro momento? —me pide. Todo rastro de alegría se ha borrado de su rostro.

—Podríamos —aseguro, algo tensa. Noto mi boca tirante mientras abro y cierro las manos sin control—. Pero preferiría que fuera ahora. Bueno, la verdad es que habría preferido que me lo hubieras aclarado el primer día. No tienes ni idea de cómo… —Suspiro—. Me da vergüenza admitirlo, pero no ha sido fácil. No ha sido fácil sentirme así de extraña, de apartada, de… ¿indeseada? Un día me preguntaba si te parecía una molestia, al siguiente si tenías un problema con mi aspecto y al otro si era odio porque sí. La verdad es que no sé si estoy dispuesta a dejarlo pasar. — Desvío la mirada hacia el suelo—. Digamos que llevo mal el no saber algo que me importa saber.

—No… —comienza a hablar, y el mero sonido de su voz atrae mi mirada hacia él, como si fuera una especie de embrujo—. No… No sabía que te hubiese afectado tanto.

Mi cara refleja mi completo desconcierto.

—¿En serio? ¿No veías lo feliz que era a tu lado sobre el escenario? ¿No veías lo feliz que era al poder hablar contigo sin tus estúpidas barreras? ¿No veías cómo trataba de acercarme a ti, porque tu petición de no hacerlo me estaba devorando por dentro? —En este momento, la voz se me quiebra, como un cristal que se agrieta poco a poco—. ¿Tan…? ¿Tan ciego estás?

La mandíbula afilada de Enzo se tensa, al igual que el resto de su cuerpo.

—Deberías irte. Puedo… Puedo pedirte un Uber.

Abro los ojos, incrédula. Siento que el estómago se me hunde y un nudo en la garganta que amenaza con hacerse cada vez más grande.

—¿Qué?

—Puedo darte algo de comida para el viaje y… —Mira hacia otro lado—. Si necesitas un peine, una muda…

—Vete a la mierda, Enzo —escupo.

Sin darle opción a responder, me doy la vuelta, recorro el pasillo hasta el salón, donde recojo el bolso, y salgo corriendo de su casa.

Capítulo 21

Siento como si estuviera caminando con el corazón atado a una correa y lo estuviera arrastrando por el suelo y obligándolo a seguirme. Prácticamente me he abierto en canal a Enzo y a él le ha dado igual dejarme sangrando.

Lo peor de todo es que aún huelo a él. Aún le siento en cada parte de mi cuerpo. Aún tengo el color de sus ojos inundando mi mente.

Dios, no voy a poder desprenderme de ello.

Espero al bus durante varios minutos, en silencio. Ni siquiera he sacado los auriculares, y no creo que lo haga durante todo el viaje. No cuando hay una alta posibilidad de que suene una canción de Taylor Swift que relate perfectamente mi situación.

Porque la hay.

(Es *I Knew You Were Trouble* para los curiosos.)

Después de subir al bus y de validar mi bono, me siento al final. Está prácticamente vacío, solo hay una mujer con dos bolsas de la compra y un señor que fácilmente superará los setenta y que se niega a tomar asiento a pesar de la amplia disponibilidad de estos.

El conductor vuelve a poner en marcha el bus y sigue con su ruta. Apoyo la cabeza en el cristal del cansancio, pero el traqueteo enseguida me recuerda que no es una buena idea.

Inspiro y espiro, y concentro la totalidad de mis pensamientos en esta simple tarea, porque, a pesar de que un puñado de lágrimas estén agolpándose en mis ojos, quiero tratar de mantener la compostura.

Aún no he pasado plaza de Castilla cuando mi teléfono suena para avisarme de una nueva notificación. Por supuesto, no es ningún mensaje de Enzo disculpándose por haberse comportado como un completo imbécil. En su lugar, se trata de un *e-mail* de Mercedes con el asunto «Resolución».

Buenos días, Gala:
Lo primero de todo, quería agradecerte haber aceptado mi propuesta y haber enviado una traducción tan buena como la que enviaste. Desafortunadamente, al mostrarle ambas al cliente, este se decantó por la del otro candidato.
Ten por seguro que te tendremos en cuenta para futuros proyectos.

Mercedes Álvarez

Es universalmente sabido que las desgracias nunca vienen solas, y yo no iba a ser menos. Yo, al igual que el resto de los mortales, también tengo esos días en los que todo parece salir mal y en los que, por lo tanto, solo deseo meterme en la cama, llorar, preguntarme un millón de veces «Pero ¿por qué yo?» y pedirle al mundo que pase al siguiente, porque a mí me ha destrozado para esta vida y, seguramente, también la próxima.

Sí, el drama me persigue, y cada vez que lo hace le permito que me atrape.

Trago saliva, me llevo una mano al cuello y lo masajeo con la esperanza de poder deshacer la bola que se me ha formado. No sé muy bien cuál de mis dos pequeñas tragedias está ganando, pero lo que es seguro es que están librando algún tipo de guerra en mi interior y luchan por ser la que me haga llorar. Afortunadamente, lo único que están consiguiendo es anularse entre ellas e insensibilizarme por completo.

¿Me estoy convirtiendo en un témpano de hielo en pleno agosto?

Desbloqueo el móvil de nuevo y abro la conversación con Valeria. Si alguien sabe de transformaciones fantásticas, es ella.

> **Gala**
> Hey, sé que ahora estás trabajando, pero... ¿podrías venir a mi casa luego?

> O yo voy a la tuya. Lo que prefieras.

Por supuesto, al trabajar en la biblioteca de la universidad, Valeria contesta a los pocos segundos.

> **Valeria** 😈
> Gala Reyes, ¿qué te ha pasado para que la Gala sosa que eres por WhatsApp se convierta en Gala depresiva?

> **Gala**
> Es una larga historia.

> Incluye una noche larga, un gilipollas y un *e-mail* inesperado.

Valeria
Ninguna historia es larga para una estudiante de doctorado.

Y la tuya tiene buena pinta.

En fin, voy a tu casa al salir del curro, comemos juntas y planeamos asesinatos.

Súmete en un sueño eterno (de unas horas) hasta mi llegada.

Valeria debe de haberme echado algún tipo de encantamiento, porque, nada más llegar a mi casa, me lanzo en plancha sobre mi cama, me acurruco con la almohada y me duermo en cuestión de segundos.

Cuando suena el timbre maldigo a quien sea que esté llamando a estas horas de la madrugada. Pienso que seguramente sea un grupo de universitarios borrachos o alguna parejita montándoselo encima de los telefonillos. Sin embargo, al despejarme un poco y ver que mi ventana está completamente abierta y que por ella entran el calor y la luz del mediodía, me acuerdo de todo.

Me revuelvo en la cama, alcanzo mi teléfono y miro la hora: las tres y diez de la tarde. Mi estómago ha pasado de quejarse a aullar.

El telefonillo vuelve a sonar y, por supuesto, Jose no va a levantar el culo de su silla para atenderlo. Nunca lo hace porque nunca recibe más visitas que las del repartidor de comida y alguna cita puntual de Tinder.

Antes de que pueda reaccionar, la pantalla de mi teléfono se ilumina y me muestra un mensaje de Valeria, que me pregunta si estoy en casa o si me he atrevido a abandonarla sin decir nada. Sonrío y le contesto que estaba durmiendo y que le abro la puerta enseguida.

—Esto sí que es raro —dice Valeria nada más verme—. Tú durmiendo la siesta. ¿Estás enferma?

—No... —respondo mientras me restriego los ojos. La invito a pasar y a seguirme a la cocina—. Es solo que ha sido una noche larga.

—¡Noches largas! Soy su mayor fan.

Cierro la puerta tras nosotras y abro el frigorífico, donde encuentro un túper con ensaladilla rusa que preparé hace unos días. Lo abro, cojo un tenedor y me siento en una de las dos sillas de las que dispone el chiste de mesa que tenemos.

—¿Aún no has comido?

—No —respondo con la boca llena y niego con la cabeza mientras pincho unas patatas y unos guisantes—. Llegué a casa a las once o así y llevo durmiendo desde entonces.

Valeria deja su *totebag* en el suelo y se sienta a mi lado. Por su expresión, diría que siente más curiosidad que preocupación.

—Supongo que debí haberlo supuesto por los restos de maquillaje en tu cara —dice. Me llevo un dedo a un párpado, lo froto y luego me fijo en que se han quedado algunos restos de tinta negra en mi dedo. Ahora entiendo por qué nadie quiso sentarse a mi lado en todo el trayecto del bus. Al salir tan rápido del piso de Enzo, se me olvidó por completo el hambre que tenía y las pintas que llevaba—. ¡Un momento! —exclama, y por su tono sé que ha tenido otra revelación. Se levanta de un salto de su asiento y se acerca a mí para retirarme la maraña de pelo del cuello—. No te habrás encontrado con un vampiro, ¿no? —pregunta, totalmente seria. Sus ojos negros están llenos de miedo, como si temiera que yo lo haya conseguido antes que ella—. Tendría sentido. Por eso no querías contarme por teléfono lo que te pasó anoche —añade mientras sigue buscando las marcas de colmillos en mi piel, esta vez en el otro lado. Ahí, por supuesto, encuentra la marca violeta que me dejó Enzo—. ¿Qué es esto?

—Sabes lo que es.

—¿Quién te lo ha hecho? —pregunta, todavía sujetándome el pelo.

—No ha sido un vampiro, si eso te deja más tranquila.

Una oleada de alivio y otra de decepción pasan por el rostro de Valeria en cuestión de segundos.

—Bueno, ¿entonces cuál es el gran misterio? —continúa mientras se yergue y se cruza de brazos con una actitud detectivesca—. Llevo intentando unir las palabras «noche larga», «gilipollas» e «e-mail inesperado» desde hace horas, y lo único que se me ha ocurrido es que te escribiera un príncipe nigeriano que quería dejarte toda su herencia y que tú, al ser tú, no pudiera dejar pasar la oportunidad de resolver uno de los mayores enigmas de los fraudes por e-mail y quedara por la noche con él. —Mira hacia otro lado, pensativa—. Aunque eso implicaría que el del fraude vive en Madrid.

Cojo un trozo de zanahoria y de huevo cocido cubiertos de mayonesa y me los llevo a la boca.

—Bien visto —digo mientras asiento varias veces con la cabeza—. Pero no. —Trago la comida—. La realidad es mucho mejor. Me… —Tomo una bocanada de aire y miro a Valeria—. Me acosté con Enzo. Anoche.

Abre la boca y me dedica una mirada incrédula.

—No.

—Sí.

—No.

—Que sí.

Se toma unos segundos para volver a sentarse y se reclina sobre la silla, que, más que una silla, es un taburete con tres finas barras de metal como respaldo.

—Como tu mejor amiga, me siento insultada —declara, y finge una indignación total—. Debiste haberme informado en el mismo instante en que acabó tu aventura sexual. Tenerme al margen durante tantas horas es totalmente inadmisible.

—Ah, ¿sí? ¿Y dónde dice eso? —me burlo de ella.

—En el contrato de mejores amigas. Tiene que ser la primera o la segunda regla.

—Ruego entonces tu perdón —digo mientras me llevo la mano con la que sostengo el tenedor al corazón.

—Te lo concederé si me lo cuentas todo —contesta Valeria.

Accedo de buena gana, ya que es justo lo que quería y necesitaba hacer, y le narro con todo lujo de detalles mi noche (aunque puede que me haya dejado algunos pormenores sobre las cualidades sexuales de Enzo, las cuales, ahora, no vienen mucho a cuento). Para cuando termino, he acabado con mi ensaladilla rusa y también con una naranja que he elegido como postre. Valeria se ha sumergido tanto en la historia que no me ha interrumpido ni una sola vez.

—Pero…, si le gustabas, ¿por qué pasaba de ti? ¿Y por qué no dejó antes a Carol?

—Créeme, ya me he hecho todas esas preguntas, y no encuentro una respuesta lógica a ninguna de ellas.

Valeria se toma unos segundos para elucubrar.

—Oye, ¿y si estaba probando una nueva técnica?

—¿Qué nueva técnica?

—La de contener el calentón hasta que no pueda más para que así, al explotar, sea una máquina sexual irrefrenable.

Sonrío de lo estúpida y divertida que me parece la idea. Luego, me quedo pensativa mientras tiro la piel de naranja a la papelera.

—¿En qué estás pensando? —me pregunta ella mientras se echa hacia atrás unas cuantas trenzas.

—En que a lo mejor no es tan profundo como pienso. A lo mejor… —Chasqueo la lengua—. ¿Y si, como dices, solo tenía un calentón? Quiero decir, no tuvo ni que salir de su casa para encontrar a alguien con quien desfogarse.

—Pero entonces habría fingido que no te sigue odiando.

—Como si no hubiera tíos que mienten solo para echar un polvo —me lamento, y luego resoplo, agotada—. Por cierto, lo del correo era sobre la película de HBO: no me lo han dado.

Valeria vuelve a levantarse y se aproxima a mí para envolverme con los brazos y apoyar el mentón en mi hombro.

—Ellos se lo pierden —murmura. Luego, deja pasar unos momentos—. ¿Qué te parece si vamos tú y yo al teatro? —dice mientras se aparta de mí—. Miramos qué obras hay hoy y compramos entradas para una. Luego, cenamos en un japonés y salimos de copas hasta que olvides lo bueno que está, lo bien que folla y lo idiota que es.

Río por lo bajo.

—Me parece perfecto.

—Y, por cierto, no es por ser insensible en momentos como este, pero deberías darte una ducha, amiga. —Hace una pausa—. Apestas. —Sonríe de manera cordial—. Pero desde el cariño.

Capítulo 22

No hay obra de teatro en la que algo no haya salido mal.

En una que representé en un modesto local de Caraban-chel tuve a un compañero que, a pesar de haber prometi-do decenas y decenas de veces que se aprendería el guion, nunca lo hizo. Y el día del estreno no se le ocurrió otra cosa que pegar en el interior de su capa de caballero del siglo XVII trocitos de papel con sus líneas y, cada vez que le tocaba ha-blar, batía su indumentaria, se daba la vuelta y se quedaba de espaldas al público durante unos cuantos e incomodísimos segundos, hasta que terminaba de leerlas y memorizarlas.

Obviamente, aquello no salió bien.

En otra ocasión, recuerdo que el director no pensó de-masiado bien en los colores del vestuario y, al salir a esce-na con mis otras cuatro compañeras, cada una vestida en-teramente de una sola tonalidad, nos dimos cuenta de que nos parecíamos a los Power Rangers, lo cual no habría sido nada más que una divertida anécdota si no hubiéramos tenido que representar una tragedia sobre un marido que mata a su mujer a sangre fría.

Y no, a pesar de quejarnos de ello en los ensayos, no se nos permitió cambiar de ropa.

A lo que quiero llegar con esto es a que, a pesar de mi corta experiencia sobre los escenarios, hay pocas cosas que me sorprendan. De hecho, en una escala de ansiedad teatral (sí, existe), del 1 al 10, la de compartir la mayoría de mis escenas con Batman, el-caballero-que-nunca-se-aprendió-sus-veintitrés-frases, se lleva el primer puesto.

Por eso, cuando Nicolás manda un mensaje por el grupo de WhatsApp suplicándonos que, a pesar de ser miércoles, todos los que podamos vayamos al teatro y ayudemos a rehacer los paneles de los decorados en cuestión de dos tardes, solo suspiro.

Resulta que la sala en la que los guardaban estaba peligrosamente cerca de los cuartos de baño y alguien, tras tener la peor experiencia estomacal de su vida o al habérselo montado con otra persona a lo bestia (no sé cuál sería más graciosa de las dos), consiguió reventar una tubería que sobresalía de uno de los retretes. Y, como no podía ser de otra forma, el agua se filtró a los cuartos contiguos.

Por supuesto, nada más leer el mensaje, mi primera reacción es negarme a hacerlo. La posibilidad de estar encerrada en una sala con Enzo y Carol mientras pinto trozos de cartón con acuarelas suena menos apetecible que pasar una noche profanando panteones familiares en el cementerio esperando encontrar algún vampiro (sí, Valeria lo ha sugerido. Varias veces). Además, al tener dos trabajos, dispongo de excusas más que válidas para no ir (no, Nicolás no tiene por qué saber que estoy de vacaciones y que, al ser autónoma, puedo ser un poco flexible con mi horario).

Sin embargo, al recordar el pacto que hice con Valeria tras mi segundo mojito, me resuelvo a transformarme en la Gala que debería haber sido durante todo el verano: una Gala pasota y completamente insensible. ¿Que Enzo quiere actuar como un demente que cambia de opinión cada dos segundos? Genial. Yo no voy a ser parte de sus juegos. Nop. Voy a conservar mi salud mental y mi dignidad haciendo justo lo que me pidió hace meses: ignorarlo.

Contesto el mensaje de Nicolás con un «Después de comer me tenéis ahí» y cierro el chat porque no quiero que nada influya en mi decisión. Luego, vuelvo a mi apasionante lectura sobre las ballenas Minke para otra trivial traducción de un documental que casi nadie verá.

Al entrar a la sala, me encuentro con Raquel y Nicolás esbozando las primeras líneas sobre un gran trozo de cartón, que, por la forma que tiene, diría que es el decorado de la sala de bailes. Por otro lado, Lisa está organizando todos los materiales disponibles: hay papel maché, pegamento, pinturas, purpurina...

—¡Gala! —exclama al verme. Saludo con la mano a Nicolás y Raquel mientras ella se acerca a mí. Lleva un *croptop* rosa con un gran corazón rojo en el centro y una falda blanca—. Has venido antes de lo esperado. —Mira alrededor—. De momento, solo estamos nosotros cuatro.

Y ojalá siga así.

—¿Y Sergio? —pregunto.

—Tenía academia de inglés. Tiene que sacarse el título para que le convaliden la carrera. —Baja la voz—. Yo no te pregunto por Álex porque algo me dice que no sabes dónde está —murmura, divertida—. Pero sí que voy a preguntarte por lo de Enzo. *Tienes* que contarme si hiciste lo que Carol te pidió o…, ya sabes, te saliste de guion. —Me guiña un ojo.

¿De verdad no podré librarme de él ni cuando no está presente?

—Ehm —musito—. Digamos que no creo que tenga muchas ganas de volver con Carol.

Lisa usa sus mejores cualidades de actuación para fingir asombro.

—¡No! ¡Eso sí que no me lo esperaba! ¿Me estás diciendo de verdad que Enzo no quería volver con su buena y nada hipócrita ex? Seguramente eso no tenga nada que ver con lo que Carol piensa en realidad sobre él y su hermana. —Se ríe y deja la ironía a un lado—. Joder cómo engaña la gente.

Sonrío de manera incómoda y, antes de responder, Nicolás me llama.

—Gala, me viene bien que hayas venido porque tenía que hablar contigo —expone. Su rostro aniñado muestra más preocupación de la que puede soportar.

—Sí, claro —digo, y dejo que Lisa y Raquel continúen con la manualidad.

Baja las escaleras del escenario y nos colocamos al lado de la primera fila de butacas, donde él apoya la mano en el respaldo de una.

—Es sobre tu papel como Elizabeth —dice y, cuando

coge aire, siento el peso de la mala suerte sobre mis hombros. ¿De verdad no piensa dejarme descansar?—. Carol me llamó ayer por la tarde y me dijo que no iba a hacerlo. —Se rasca la barba, nervioso—. Al quedar solo dos semanas para el estreno, no nos da tiempo a que otra Elizabeth se aprenda el guion y coja confianza con Enzo. Así que tengo que pedirte que lo hagas tú.

Hay veces en las que lo que una vez pareció ser la mejor oportunidad del mundo (ser la protagonista principal y no la de reserva y actuar junto a Enzo) se vuelve la mayor de las tragedias.

—Pero…

—Ahora que puedo serte sincero —me interrumpe—, cogí a Carol porque era la pareja de Enzo y quería que él fuera el Mr. Darcy principal. Pero, con el paso del tiempo, me di cuenta de que no tendría que haber puesto esa regla de parejas reales, porque hay veces en las que dos personas que no sienten nada la una por la otra pueden tener mucha más química que una pareja real. Tú y Enzo sois el caso. Estuvo claro desde el primer ensayo.

Noto que me sonrojo muy a mi pesar. No debería importarme que otras personas percibieran esa química entre nosotros. No debería importarme que, de alguna manera, Enzo pareciera sentir más por mí que por Carol.

Y, sin embargo, me importa.

Qué gran control de las emociones para ser actriz.

—Podría hacerlo… —digo, porque para mí siempre irá antes el teatro—. Pero, para ser sincera, creo que lo que fuera que vieras entre Enzo y yo probablemente ya no esté ahí —continúo sin pensar muy bien en por qué le estoy dando explicaciones a Nicolás. Supongo que para evitar posibles futuras decepciones.

En ese momento, porque no podría ser en otro, Enzo entra por la puerta, que está a pocos pasos de nosotros. Ni siquiera me he dado cuenta de en qué momento la ha abierto. ¿Ha escuchado lo que he dicho?

Aunque no sea religiosa, rezo por que no lo haya hecho.

—¡Hola, Enzo! Justo le estaba comentando a Gala que tendrá que sustituir a Carol —le saluda Nicolás, como si no hubiera escuchado lo que acabo de decirle.

¿Es que tengo algún tipo de cartel en la frente que dice «Hombres, podéis hacer como si no hubiera dicho nada y proceder a cambiar de tema»? Porque, si es así, tengo algunas sugerencias para su reemplazo.

—Ah, sí —responde él, con total desgana.

En los dos días que llevamos sin vernos, a Enzo le ha dado por recoger todo su cabello en dos trenzas de raíz. Además, por si fuera poco, se ha vestido con una preciosa camisa abierta de rayas negras y unos pantalones que recuerdan a los de traje, pero algo más holgados. ¿De verdad tenía que marcarse un *princesa Diana*, como cuando ella apareció con ese magnífico vestido negro tras su divorcio, como queriendo decir: «Mira lo que te estás perdiendo, idiota»?

Esto no es justo, y no me refiero a lo guapo que está (porque, por mucho que haya decidido ignorarlo, sigo teniendo ojos en la cara), sino a que, si alguien tenía que haberse marcado un conjunto que gritase algo así, debería haber sido yo.

—¿Todo bien, entonces? —pregunta Nicolás.

—Sí —asegura Enzo mientras deja la mochila que lleva colgada al hombro en el suelo, junto a una butaca.

¿De verdad le parece bien o solo es muy bueno fingiendo? No importa. Ya tengo mi respuesta.

—¡Perfecto! —canturrea Nicolás. Luego mira hacia el escenario, donde Raquel y Lisa siguen a lo suyo—. Si queréis, ahora os podéis poner con las ventanas. Los cristales van con papel celofán en tonos naranja.

—Claro —respondo, y, en ese momento, Nicolás vuelve al escenario para continuar su tarea.

Ambos dejamos pasar unos segundos en silencio, en los que me siento observada y juzgada como si fuera una broma con piernas. Aun así, no le voy a dar el gusto de que se dé cuenta de cómo me siento. Por supuesto que no. Voy a pasar por su lado como si no existiera y andaré hasta el escenario, donde me sentaré junto a Lisa y...

—¿Podemos hablar?

Lucho con todas mis fuerzas para no mirarlo.

—Debes considerarme estúpida si te atreves a preguntarme eso ahora.

—No es eso —dice en un tono bastante sombrío—. Gala, no te merecías la forma en la que...

—Mira, estamos de acuerdo en algo. No me merecía que me echases de tu casa después de echarme un polvo, ¿a que no? Si lo que querías era solo sexo, podrías haberlo dicho como un hombre adulto —le espeto, y noto decenas de punzadas en el fondo de la garganta y en el pecho. Si así es cómo se siente la verdadera decepción, no quiero volver a sentirla nunca más. No quiero volver a pasar por esto, conlleve lo que conlleve—. Aunque a lo mejor eso es mucho pedir de ti. —A continuación, me obligo a mirarlo y lo barro con una mirada colmada de pena.

El técnico de luces debe estar haciendo alguna prueba, porque el rostro de Enzo se ilumina de repente con tonos azulados y rosáceos y sus ojos verdes reflejan una iridiscencia de tristeza.

—Si me dej…

—Quizá no fui del todo clara al despedirme: lo que quería decir con «vete a la mierda» es que no quería volver a hablar contigo fuera del escenario —suelto, y, a pesar de sentir que la garganta me arde, como si hubiera escupido mentiras envueltas en veneno, consigo darme la vuelta.

Pero Enzo no se da por vencido.

Y me coge una muñeca de forma sutil.

—Gala.

Me giro hacia él, pestañeo y aprieto los labios.

—¿Ahora quieres hablar? ¿Ahora? Después de dos días. Después de faltarme al respeto. Cuando tú quieres y a ti te conviene —añado, y, al ver que él no me responde, continúo—: Suéltame.

Y lo hace.

Finalmente, me deja ir.

Capítulo 23

Al día siguiente, los mismos que comenzamos con la *Operación salvar los decorados* volvemos para terminarla. Hoy tenemos que crear varias rosas y tulipanes para un jardín y, tras un par de horas repletas de recortes de papel maché, mezclas de pintura, risas, manos llenas de pegamento y, sobre todo, miradas incómodas, damos por terminada nuestra sesión de manualidades. Bueno, en realidad lo hace Nicolás:

—Antes de irnos me gustaría comprobar algo —anuncia en alto, después de haber despejado el escenario—. Me gustaría que Gala y Enzo interpretasen una escena.

Ni siquiera miro a Enzo.

—¿Solo nosotros?

—Sí. Prometo que será solo un momento. Como digo, es solo para ver algo.

Por mucho que me guste actuar y, sobre todo, actuar junto a él, hacerlo el día después de haber tenido esa discusión no es lo que más me apetece.

—Hoy no puedo. Tengo mucho trabajo acumulado —respondo, y en parte es verdad. El documental de las ballenas no va a terminarse solo.

—Vamos, Gala —me ruega Nicolás. ¿Por qué Enzo sigue en silencio? ¿Acaso él quiere hacerlo?—. Solo serán unas líneas de diálogo. ¡No os llevará más de cinco minutos!

Echo la cabeza hacia atrás y cierro los ojos para no cegarme con la cantidad de luces. Supongo que esta discusión solo va a mantenerme ahí más tiempo que si lo hago y me olvido.

—Está bien —contesto—. Pero una escena. Solo una.

—¡Tal como he dicho! —Los ojos de Nicolás se desplazan hasta Enzo—. Enzo, ¿conforme?

—Sí —dice con un tono ronco y apagado.

Tanto Lisa como Raquel se sientan en primera fila para hacer de público. Por la expresión en la cara de Lisa parece que está a punto de ver el capítulo final de su serie favorita, lo que me hace echar de menos los días en los que era una mera espectadora de las historias de amor fallidas de otros en vez de la protagonista.

—Podéis elegir la escena que queráis —nos informa Nicolás.

Lisa me dedica una mirada sugerente con un guiño de regalo, como queriendo decirme que aproveche esta maravillosa oportunidad que me está regalando el cielo y elija la última, la del beso.

Pero, por supuesto, no lo voy a hacer.

La que menos sentimiento por mi parte tiene es la de la biblioteca y...

—No me dijo nada que no mereciese —se me adelanta Enzo, y se encamina hacia mí—. Sus acusaciones estaban mal fundadas, pero mi conducta con usted fue acreedora del más severo reproche. Aquello fue imperdonable; me horroriza pensarlo —termina, y sus palabras tienen tanta verdad que puedo sentir el peso de su arrepentimiento en cada una de ellas.

A continuación, me mira como solo él sabe hacerlo, con ese verde serio y desarmante, y no puedo evitar que una sensación burbujeante y fría aparezca en mi estómago. Es algo conmovedor y asombroso. Es como si hubiera decenas de luciérnagas revoloteando a mi alrededor, acariciándome la piel y haciendo que se me erice el vello y, a la vez, me mostraran esa necesaria luz en la oscuridad.

Lo está haciendo. Está haciendo lo mismo que yo llevo intentando hacer todo el verano. Está usando el guion para comunicarse conmigo.

—No vamos a discutir quién estuvo peor aquella tarde. —Las palabras abandonan mi boca con urgencia, como si llevaran demasiado tiempo deseando hacerlo; lo hacen esquivando mi voz temblorosa y mis risas de autocompasión, porque todavía sigo sin creerme que esté pronunciándolas. ¿A quién pretendo engañar? No puedo ser la Gala pasota porque no soy capaz de no responderle cuando me habla, porque lo que sea que siento por él es mucho más fuerte que mi necesidad de mantener la sensatez—. De hecho, sería justo declarar que los dos tuvimos nuestras culpas.

Los labios de Enzo se derriten en una sonrisa de alivio. Quizá ni siquiera tenía la esperanza de que accediera a continuar con la escena.

—Yo no puedo reconciliarme conmigo mismo con tanta facilidad —confiesa él, dolido. En este momento, la luz que nos ilumina es fría y sencilla, pero, a pesar de eso, todo lo que veo y siento es calidez—. El recuerdo de lo que dije e hice en aquella ocasión es y será por mucho tiempo muy doloroso para mí. No puedo olvidar su frase tan acertada: «Si se hubiese portado usted más caballerosamente...». No sabe —Suspira, y se coloca a un palmo de mí—, no puede imaginarse cuánto me han torturado, aunque confieso que tardé en ser lo bastante razonable para reconocer la verdad que encerraban.

No lo entiendo. No logro comprender cómo cada palabra de algo escrito hace dos siglos encaja a la perfección con lo que ha sucedido entre nosotros.

Por muy egocéntrico e iluso que suene, por un momento pienso que Jane Austen escribió *Orgullo y prejuicio* para nosotros. Para este momento. Para que escuchara la mejor disculpa que podría haber pedido.

—Crea usted que yo estaba lejos de suponer que pudieran causarle tan mala impresión. No tenía la menor idea de que lo afligirían de ese modo —digo, arrepentida.

—No lo dudo —declara Enzo, casi susurrando la última palabra. Luego, con la mano levanta de manera gentil mi mentón y noto su tacto, suave y cálido. Mi boca se entreabre y nuestras miradas se encadenan la una con la otra—. Entonces, me creía usted desprovisto de todo sentimiento, de eso estoy seguro. Tampoco olvidaré nunca su expresión al decirme que no importaba el modo con el que me hubiese dirigido a usted, pues no me habría aceptado.

—Le ruego que no repita mis palabras de aquel día —le pido, sin moverme ni un milímetro—. Borremos ese recuerdo. Le juro que hace tiempo que estoy sinceramente avergonzada de aquello.

Unas motas de polvo danzan a nuestro alrededor, iluminadas por los focos, y, por un momento, pienso que las luciérnagas que me había imaginado se han vuelto reales.

—¡Perfecto! —nos corta Nicolás. El sonido de su voz hace estallar la burbuja en la que Enzo y yo nos encontrábamos, y todo lo que he sentido de manera completamente inesperada desaparece al momento. ¿Qué ha pasado? ¿Por qué tengo la impresión de que todo lo que he dicho estaba mal? ¿Qué...? ¿Qué es esta sensación de vulnerabilidad?—. Ha estado genial, chicos. —Sonríe, esperanzado—. Enhorabuena. Si lo hacéis así en el estreno, os aseguro que va a ser un éxito.

Antes de poder reaccionar, Lisa se levanta de un salto y comienza a aplaudirnos, lo que impulsa a Raquel y a Nicolás a hacerlo también.

—¡Bravo! —exclama, eufórica. Luego, hace una pausa para silbarnos—. ¡Bravo!

Me río, incrédula, y, tras dar un paso hacia atrás, respondo:

—Gracias —digo mientras intento ignorar todo lo que siento—. ¿Quién quiere una sala llena cuando se tiene este público? —bromeo.

—Actriz y buen público. Una chica tiene que ser flexible —responde Lisa, y tanto Raquel como yo nos reímos.

—Pues ya podemos irnos, ¿no? —dice Nicolás—. Mañana más.

—Mañana más —contesta Raquel, animada, y tanto ella como los demás comienzan a recoger las últimas cosas.

Los demás excepto Enzo y yo, porque ambos seguimos clavados sobre el escenario, como esperando algo, aunque no sepamos muy bien qué.

—Gracias —me dice en voz baja—, por seguir la escena. Podrías no haberlo hecho.

Niego ligeramente con la cabeza.

—Me gustaría decir que sí, que podría no haberlo hecho —aseguro, y no puedo evitar mostrar media sonrisa repleta de tristeza—. Pero la verdad es que no. Por más que intente convencerme de lo contrario, no tengo tanta fuerza de voluntad. —Me aclaro la garganta—. Aun así, no es suficiente. Yo...

—Necesitas que responda tus dudas. —Asegura, sin perder la compostura. En ese momento, escucho a Nicolás recoger un par de cosas que había sobre las butacas—. Lo entiendo. Y lo voy a hacer. Porque me he dado cuenta de que no estoy dispuesto a perderte antes de lo previsto. —Mastica las palabras—. Nunca lo he estado.

«¿Antes de lo previsto?».

«¿Perderme?».

Una ola de chispeante nerviosismo se expande por mi interior, pero se mitiga rápidamente al recordar todo lo que he sufrido por él. Todo lo que me ha hecho pasar. Aunque en el escenario hayamos tenido este momento..., esto es la vida real. Y en la vida real me siento realmente rota.

—Valoro la intención, de verdad que lo hago. Pero creo que llega demasiado tarde —confieso, y agacho la mirada. Soy consciente de que no podría decir nada de esto si estuviera mirándolo a la cara—. Yo no puedo... No puedo arriesgarme a...

—¡Vamos, chicos! Tenemos que dejar la sala, que en media hora empieza una obra —nos informa Nicolás—. Oye, ¿a alguien le apetece tomarse algo? ¿Una cerveza?

Raquel y Lisa se miran entre sí y ambas se apuntan al plan de buena gana.

—Nosotros... —comienza a decir Enzo.

—Nosotros no podemos hoy. Quizá mañana —finalizo, y finjo una sonrisa.

—¡Claro! Nos vemos este sábado —contesta Nicolás.

—¡Hasta el finde! —añade Lisa, aún con esa sonrisilla.

No pienso dejar que todo lo que ocurrió ayer arruine el cumpleaños de mi tía Alicia. Si con quince años pude esconder el esguince de tobillo que me hice al caerme por las escaleras del instituto, hoy puedo hacer esto. Porque hoy es su día. El día que llevo planeando meses para que todo sea perfecto y si para eso tengo que robar una de las caretas de Carol y ponérmela para disimular lo dolida que estoy, lo haré sin dudarlo ni un segundo.

Después de desayunar unos deliciosos *kasutera* en la cafetería japonesa, tomamos un bus hasta la exposición egipcia, que se encuentra apretujada en las tres plantas de un modesto edificio. Comenzamos nuestra visita en una sala dedicada a una gran número de joyas, luego pasamos por una en la que hay papiros y objetos rituales y finalmente llegamos a una destinada a los faraones y que cuenta con un gráfico cronológico en una de sus oscuras paredes.

—¿Te lo estás pasando bien? —pregunto mientras avanzo junto a ella.

—Mucho. —Sonríe—. Gracias por todo esto, aunque ya sabes que no hacía falta.

—Ya. Porque habrías sido feliz comiendo conmigo un kebab en casa —respondo mientras le devuelvo la sonrisa—. Lo sé. Pero me gusta hacer esto por ti.

—Y a mí que pienses que lo merezco, Gala —me recuerda de una manera modesta.

El aire acondicionado hace ondear mi falda escarlata como si fuera la bandera de un barco pirata.

—Es que te lo mereces —recalco, segura de mí misma—. No mucha gente habría hecho lo que tú hiciste conmigo.

Ella me mira y me dedica una mirada desconcertada envuelta en el azul de su rímel.

—¿El qué? ¿Quedarme con la niña más preciosa del mundo? ¡Oh, créeme! Mucha gente se habría peleado por tenerte. —Se detiene para observar una figura tallada en piedra—. Yo me limité a hacer trampas. Tenía enchufe porque conocía a tu madre, ¿sabes? —bromea.

—La niña más preciosa del mundo acabó teniendo un ojo vago y llevando aparatos —replico entre risas.

—Me reafirmo en lo que he dicho. ¿Sabes lo graciosa que estabas con ese parchecito rosa y tus gomas de colorines?

—Entre eso y el tutú que me empeñé en llevar durante dos semanas… —Me río por lo bajo.

—Tuve que distraerte con una bolsa llena de golosinas para conseguir que te lo quitaras y poder meterlo en la lavadora.

En mitad de la conversación, un chico pasa por el otro lado de la cúpula de cristal en la que estamos. Aunque lleva una camisa de un color llamativo, lo cual sería una decisión realmente impropia de Enzo, su rostro me recuerda tanto al suyo que no puedo evitar quedarme mirándolo durante más tiempo de lo socialmente aceptable y preguntarme si el destino es tan cruel de haberlo puesto en mi camino justamente hoy.

Cuando me doy cuenta de que sus ojos son algo más pequeños y de color negro y que en vez de trenzas lleva rastas, mi pulso se ralentiza.

—¿Lo conoces? —me pregunta mi tía Alicia, que se lleva las gafas a los ojos para verlo mejor.

—¿Eh? ¿A quién? —pregunto. Siento que me ha pillado en mitad de un crimen.

—A ese muchacho. Al que mirabas como si fuera un faraón que acaba de salir de uno de los sarcófagos de la segunda planta.

—No. No —respondo.

—¿Entonces?

—Me ha recordado a alguien —confieso, y mi tía Alicia me exige con la mirada que me explaye más en mi respuesta—. A mi compañero de teatro. Ese del que te hablé.

—Oooh —murmura divertida, y por su manera de alargar la «o», sé que tiene algo que decir al respecto.

—¿Qué pasa?

—Creo que eso debería de preguntártelo yo a ti —contesta mientras retoma nuestra expedición por el museo.

Arqueo una ceja, confusa.

—¿A qué te refieres?

—A que no has sido tú misma en todo el día —responde ella sin dejar de andar—. Estás... como apagada, ¿sabes?

Pareces una bombilla fundida que lucha con todas sus fuerzas para brillar de nuevo.

No puedo evitar sentir que las palabras de mi tía Alicia hacen añicos la máscara que he estado llevando.

—He tenido unos días malos —reconozco, y trato de que la cantidad de recuerdos que tengo con Enzo no me ahoguen como una enorme ola de nostalgia—. Pero ahora no es el momento. Hoy no están permitidas las conversaciones tristes.

—¿Ah, no? —me pregunta, como ofendida—. Yo diría que es mi cumpleaños y se debería hacer lo que más me apeteciera.

—Pero...

—Y lo que más me apetece es escuchar lo que llevas callando todo el día.

—¿De verdad?

—De la buena.

Ambas caminamos un poco más, hasta que encontramos un banco gris que hay al fondo de una de las salas, donde tomamos asiento, y, después de asegurarme dos o tres veces más de que no está mintiendo y de que de verdad no le molesta escuchar mis problemas, le cuento por encima lo que me ha pasado con Enzo desde la última conversación que tuvimos.

—Sabes que siempre, al final del día de mi cumpleaños, vamos a una tienda de ropa barata y me compras lo que yo elijo como regalo, ¿verdad?

—Sí... —contesto, aunque no entiendo muy bien lo que quiere decir.

—Bueno, pues me gustaría cambiar el regalo de este año.

Me gustaría pedirte que salieras de este museo y fueras a casa de ese chico para hablar con él. —Hace una pausa—. Dale una oportunidad, por mí.

Abro los ojos como platos.

—¿Qué? ¿Por qué?

—No lo sé —responde ella, que mira hacia arriba. Luego, sonríe—. Supongo que, al escuchar lo de las disculpas sacadas del guion, me ha recordado a tu tío Pablo. Él solía dejarme notitas por la casa con frases preciosas sacadas de mis películas favoritas. —A continuación, me mira—. Algo me dice que, aunque haya cometido varios errores, merece la pena escuchar lo que tiene que decir.

Capítulo 24

La mayoría de las tragedias de Shakespeare triunfaron, además de por su historia y su prosa, por sus grandes monólogos. ¿Quién no ha escuchado alguna vez el de «Ser o no ser, he aquí la cuestión»? ¿O el de «¡Pobre de mí! ¡Romeo, Romeo! ¿Por qué eres tú Romeo? ¿Por qué no renuncias al nombre de tus padres?»?

Considerando que Shakespeare fue, ha sido y será uno de los mejores dramaturgos, creo no equivocarme al afirmar que no hay una buena obra sin un gran monólogo, lo que nos lleva directamente a afirmar que mi tía Alicia tenía razón.

Tengo la obligación de darle la oportunidad a Enzo de que recite el suyo.

Aunque, por su bien, espero que sea uno tan memorable como el de Hamlet o Julieta.

—Con que al final encontraste tu respuesta, ¿eh? —bromea el conserje de su edificio al verme de nuevo.

—¿Mi respuesta? —inquiero, extrañada. El corazón me va a mil por hora y tengo la sensación de que voy a vomitarlo de un momento a otro.

—La última vez te preguntabas si querías subir o no a uno de los pisos —me recuerda, sonriente. Como la otra vez, viste una sencilla camisa blanca de manga corta—. Que estés aquí de nuevo solo quiere decir que encontraste la respuesta a tus dudas.

Antes de poder responder, se despide de mí y deja la puerta abierta para que pueda pasar.

Después de tomar unas cuantas bocanadas de aire y de convencerme a mí misma de que puedo hacerlo, entro, subo las escaleras y me planto de nuevo frente a la puerta de Enzo. No tengo ni idea de si está o no en casa, porque, como es obvio, no lo he avisado de que iba a venir. ¿Qué le iba a decir? «¡Hola! He estado hablando con mi tía Alicia, que es la mujer que me crio, y resulta que me ha convencido para darte una oportunidad porque le has recordado a su marido muerto. Ah, y me he saltado su cumpleaños por esto. Más te vale que merezca la pena».

No suena bien, ¿a que no?

Pues eso.

Miro el timbre, ese enorme botón en forma de cuadrado blanco, y por un momento siento como si fuera a llamar a las mismísimas puertas del infierno. ¿Quién sabe? Quizá Enzo me escupa fuego por presentarme aquí después de haberlo mandado a la mierda. Dos veces.

Aun así, lo pulso. Porque, al igual que la otra vez, no he hecho un trayecto tan largo en pleno agosto para nada.

Espero impacientemente durante unos segundos y, cuando ya he asumido que, en efecto, he malgastado más de una hora en bus en vano, escucho los pasos de Enzo acercándose y, poco después, una llave girando en la cerradura.

Entonces, la puerta se abre.

Y Enzo aparece.

Por algún motivo, la diferencia de altura vuelve a hacerse evidente, destaca que no lleva camiseta. A pesar de que no debería sorprenderme (tratad de vivir en verano en Madrid en un piso en el que dé el sol de frente), sí que me pone más nerviosa de lo que ya estaba.

—¿Gala? —pregunta, atónito. La piel de su torso tiene un resplandor especial, y solo puedo suponer que se debe al sudor o a la jarra de agua que se habrá echado encima para soportar tal calor.

—Sí, ya lo sé. Debería dejar de presentarme sin avisar. —Me rasco la cabeza y, en ese momento, me doy cuenta de que he estropeado un poco la pequeña trenza lateral que me había hecho.

—No —responde él con una certeza apabullante—. Por favor, preséntate sin avisar las veces que quieras.

Siento un pinchazo en el estómago.

—¿Por qué dices eso? —pregunto, atónita.

—Porque, aunque sea demasiado tarde, me he dado cuenta de mis errores —contesta sin pensarlo. A continuación, se hace a un lado y me ofrece entrar—. Si quieres, pasa, por favor.

—Sí, claro… —murmuro mientras doy un paso hacia delante.

Enzo cierra la puerta detrás de mí. Luego, comienzo a andar hasta el salón y, al pasar por el marco de la puerta, no puedo evitar pensar en nuestro primer beso. En todo lo que sentí. En todo lo que me hizo sentir.

Ojalá todo hubiera seguido igual.

Ojalá no lo hubiera fastidiado.

—He venido a… —comienzo a hablar, pero mis palabras se tropiezan con las de Enzo.

—Si has venido a… —dice a la vez, y sonríe—. Tú primero.

Me giro y me apoyo en el respaldo de uno de los sofás. Enzo se queda en la puerta, desde donde me observa con los ojos llenos de esperanza.

—He venido a escucharte —digo por fin—. No sé si te lo mereces, pero… creo que yo sí. Me merezco saberlo. Me merezco un cierre, si eso es lo que quieres.

—No —dice, como rogándome que no lo sea—. No es lo que quiero.

—Si es verdad, creo que se te ha dado bastante mal dejarlo claro. —Sonrío de manera incómoda y arrugo la boca.

—Lo sé. Y lo siento.

Asiento levemente. Luego, suspiro.

Ambos nos quedamos en silencio durante unos instantes, tratando de encontrar las palabras adecuadas.

—¿Puedo preguntarte por qué lo hiciste? El lunes me echaste de…, bueno, de aquí después de todo lo que pasó y… Traté de encontrarle el sentido, pero solo llegué a conclusiones horribles —digo.

Enzo agacha la mirada durante unos segundos.

—Siento haber actuado así —contesta con su profunda voz, y aprieta los dientes—. No pensé en las consecuencias que tendría para ti, y no tengo excusa. —Toma aire y se prepara para enfrentarse a mí—. En cuanto al porqué lo hice…, supongo que la respuesta corta es porque estaba asustado.

Hundo los dedos en el sofá, nerviosa.

—Siento decirte que la respuesta corta no me vale. ¿A qué te refieres con «asustado»?

—A la reacción que tuve al escuchar lo que me dijiste —matiza mientras posa sus ojos en mí.

—¿Lo que dije? —repito, dudosa.

Se ríe por lo bajo.

—Me confesaste que eras feliz a mi lado. Que habías estado luchando por estarlo. Me llamaste ciego.

Escuchar mis palabras en su boca es mucho más embarazoso de lo que habría imaginado.

—Ehm. Sí. Puede que dijera eso —digo, aunque trato de restarle importancia.

—Pues me aterró.

Le dedico una mirada confusa.

—¿Por qué? Quiero decir, soy una chica mayorcita. Puedo soportar escuchar que tú no sientes lo mismo —contesto, segura de mí misma. La verdad es que habría sido algo difícil de oír, pero seguramente habría sido mucho mejor que lo que realmente sucedió—. Si para ti solo era sexo, solo tenías que…

—No lo era. Nunca lo ha sido —confiesa sin pensarlo ni un segundo. Me mira y, de nuevo, está ahí. Esa verdosa honestidad.

—¿Entonces…? ¿Cuál era el problema?

—El problema es que lo hiciste real con tus sentimientos. Lo cambiaste todo.

—Enzo, voy a necesitar que seas un poco menos críptico. Me siento como Sherlock Holmes con una peluca violeta y *piercings*.

Él vuelve a sonreír.

Dios. Su sonrisa. ¿He hablado ya de su sonrisa? Cuando quiere, es realmente amplia y fascinante. Pero, cuando intenta ocultarla, pasa a ser enigmática y tentadora.

—Estoy aterrado de enamorarme de ti, Gala —confiesa, y, aunque hace varias horas que me tomé mi vaso de leche de almendras para desayunar, noto como si me estuviera atragantando con él. Siento un regusto dulce en el fondo del paladar y unos extraños pinchazos en el estómago—. De hecho, creo que lo llevo estando desde el día del *casting*, cuando te vi actuar por primera vez. Supe que, si me acercaba demasiado, acabaría pasando. Y cuando diste a entender que lo que pasó entre nosotros no era solo sexo para ti, como yo creía… Eso… Eso lo precipitó todo. Demasiado.

—¿Lo dices en serio?

—Nunca he hablado más en serio —contesta.

Trago saliva y otras cuantas palabras con ella.

—Pues no entiendo nada —replico—. ¿Por qué…? ¿Por qué ese miedo? ¿Por qué, al enterarte de lo que yo sentía, tu primera reacción es echarme de tu casa en vez de… de yo qué sé? ¿Besarme?

Se lleva una mano al cuello.

—Porque sé que entonces no me perdonaría perderte. Al principio, creí que lo mejor era mantenerme alejado de ti para impedir que pasara, porque tenía que marcharme. Y eso es lo que hice, pero, cuando viniste a casa…, no pude soportarlo más. Así que me dije a mí mismo que, al ser solo algo físico, no tendría por qué doler tanto y…

—¿Perderme? ¿De...? ¿De qué hablas? —balbuceo.

Él levanta la mirada hacia el ventilador de techo, cuyas aspas siguen girando. Luego, se toma unos segundos para pensar mientras da leves golpes sobre el marco de la puerta con la cabeza.

—Tengo que volver a Inglaterra —confiesa por fin—. No sé si Carol te habrá dicho algo de esto, pero nací allí. Nacimos allí, de hecho, Sonia y yo. Luego, nuestro padre vino a España con su segunda mujer, mi madre, porque ella era de aquí y consiguió un buen trabajo.

—No... sabía que erais hermanastros.

—Es una palabra fea. No suelo usarla —aclara.

—¿Y volver? ¿... Por qué?

Niega levemente con la cabeza, como decepcionado por todo.

—Por Sonia —explica—. Como era mayor de edad cuando nuestro padre decidió mudarse, se quedó allí. —Se pasa una mano por el pelo y después se cruza de brazos, como queriendo protegerse de lo que está a punto de decir—. Se quedó a vivir en un piso con unos amigos y con su novio. Él... —Hace una pausa, en la que al menos cinco emociones diferentes aparecen en su rostro. Pero ninguna de ellas es buena—. Él no fue una buena influencia para Sonia. En vez de cuidarla, la... la convirtió en una adicta. Y acaba de tener una recaída. Otra más. —Inspira—. Mi familia no es rica, así que no podemos pagar ningún centro de desintoxicación. La ayudamos a ir a todas las charlas que hay cerca, tratamos de encontrar algún psicólogo económico que pueda ayudar, pero... nos necesita. Necesita que estemos ahí con ella.

—Enzo, lo siento —respondo, porque no sé qué otra cosa decir—. Pero... ¿Y vuestro padre? ¿Y su madre? ¿No están ya con ella?

—Mi padre se dio por vencido a la tercera recaída. Su madre lo intenta. Es la que me llamó el otro día por la mañana. —Se muerde el interior de la mejilla—. Pero no puede hacerlo sola. Así que, cuando descubrió que había vuelto a recaer, me llamó para pedirme ayuda. Esto fue a los tres días de saber que me habían dado el papel y... —Tensa los brazos y todo su cuerpo con ellos—. Puede parecerte egoísta, y quizá lo es, pero le dije que iría después del estreno.

—¿Después del estreno? —repito, confusa—. ¿Entonces...?

—No. No tenía ni tengo intención de continuar. Pensaba... Creí que Álex y tú no veríais como un problema convertiros en la pareja principal.

Permanezco en silencio durante unos segundos, mientras trato de procesarlo todo. Es... demasiado. Y, por más que lo intente, no logro decidir si Enzo es un completo gilipollas o alguien herido que no ha tomado las mejores decisiones.

—¿Lo sabe Nicolás?

—No. No me habría dejado participar si lo hubiera sabido. —Suspira—. Dios, al escucharlo todo en voz alta me doy cuenta de lo despreciable que he sido.

—Puede que sí, pero... ¿por qué no volviste antes? ¿Por qué alargarlo hasta después del estreno? Solo... Solo te ha causado más problemas, ¿no? —pregunto, dudosa.

En ese instante, los ojos de Enzo se humedecen y pestañea varias veces para tratar de no echar a llorar.

—Porque me he pasado gran parte de mi vida cuidando de mi hermana, Gala —confiesa, con la voz completamente rota—.Y lo seguiré haciendo, pero... Por una vez... Por una vez quería vivir para mí. Tener estos meses de ensayos, en mi trabajo, y, por mucho que lo evitara, también contigo, Gala, porque lo iluminas todo. Ha sido como un regalo. Lo necesitaba para poder seguir con esto.

Noto que algo dentro de mí se rompe para luego recomponerse. Nadie debería sufrir así por querer disfrutar de lo que le gusta, de su rutina, de sus amigos, de su vida.

—¿Sabes qué? —digo mientras avanzo hacia él. Luego, sin previo aviso, lo envuelvo con los brazos—. Que lo entiendo. No voy a culparte por elegirte a ti mismo durante el poco tiempo que tenías. —En ese momento, mientras noto el pecho de Enzo subir y bajar entrecortadamente, él me devuelve el abrazo—. Aun así, tus decisiones han afectado a otros... —Me aclaro la voz y alzo la vista, y me encuentro con la suya, que rebosa agradecimiento—. Como a mí. Así que vas a tener que compensármelo de alguna manera —bromeo.

—Lo que quieras, Gala —responde mientras deja escapar una lágrima—. Lo que quieras.

—Tengo una pregunta y una petición —aclaro. Enzo asiente—. Pregunta: ¿qué sientes por mí? Porque creo que me he perdido.

Él se ríe.

—Me gustas. Mucho.

Inspiro una gran bocanada de aire y trato de actuar como si esas tres palabras no hubieran tenido un gran efecto en mí.

—Vale —me aclaro la garganta—. Petición: ¿puedes besarme, por favor? —le ruego, y la vergüenza vuelve a apoderarse de mí.

—Las veces que desees —murmura antes de posar gentilmente una mano sobre mi mejilla y concederme mi deseo.

Al contrario que la última vez, esta vez sus labios saben salados por sus lágrimas. Saben a alivio en vez a urgencia. Y no puedo evitar pensar en que quiero probar todos sus sabores: los dulces, los salados, los ácidos y los amargos. Quiero probar todos sus besos.

—Gracias, Gala —dice sonriendo. Luego, se limpia la cara con el dorso de la mano.

—No hay de qué —respondo—. Aunque tienes que prometerme no volver a hacer eso de marinar tus sentimientos hasta que se chamusquen. Al igual que la comida quemada, no son demasiado buenos para la salud.

—Lo prometo.

Me separo de él, aunque me cuesta hacerlo, y le sonrío.

—¿Y ahora qué? —pregunto.

Él inclina su cabeza hacia un lado.

—¿Cómo que «y ahora qué»?

—Tendremos que organizarnos, ¿no? Cómo va a ser esto con la distancia de por medio y... —comienzo a hablar, pero me corto a mí misma—. Lo siento —añado, nerviosa—. He supuesto que quieres estar conmigo sin pensar en todo con lo que tienes que lidiar y...

—Quiero estarlo —asegura mientras da un paso hacia mí para rodearme la cintura con las manos. Luego, me eleva para que abrace su torso con las piernas y así nuestros rostros estén a la misma altura—. No más miedo —susurra—. Nada de seguir apartándote. A partir de ahora, no pienso volver a dejarte ir. Voy a esforzarme para que esto funcione en vez de para que fracase.

Me río y me acerco a su mejilla, que acaricio con los labios.

—Soy la criatura más feliz del mundo. Tal vez otras personas lo hayan dicho antes, pero ninguna con tanta razón —respondo sin pensar.

—Eso es de Elizabeth —apunta él con una amplia sonrisa.

—¿Y quién soy si no, Mr. Darcy? —le respondo antes de volver a fundirnos en un maravilloso beso, uno de los muchos de nuestra futura historia.

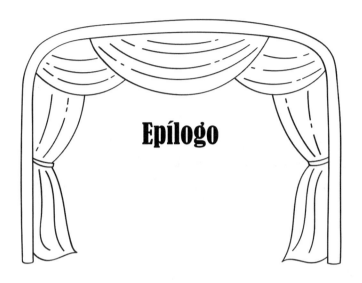

Epílogo

Decir que el estreno ha sido todo un éxito sería infravalorar la cantidad de aplausos que han inundado la sala, la cantidad de rostros del público que hemos conmovido y la cantidad de felicitaciones que hemos recibido.

Aun así, con lo que más he disfrutado ha sido con poder actuar junto a Enzo sin tener la cabeza inundada de dudas, miedos y deseos. He podido apreciar de manera sincera cómo, con el transcurso de la obra, se iba enamorando de mí. También he escuchado de nuevo aquellas disculpas, que ha vuelto a recitar como si nunca las hubiera pronunciado, como si pensara que merezco escucharlas cientos de veces más.

A la salida, después de deshacerme de la peluca y de recogerme el pelo real en un moñito con ayuda de agua y un poco de gel, me encuentro con Enzo, Valeria y Syaoran.

—Has estado maravillosa —me dice Valeria mientras me abraza—. La siguiente podría ser...

—Déjame adivinar, ¿*Drácula*? —Me río.

—¡No! Es demasiado larga y complicada de adaptar. Iba a decir *Carmilla*.

—Creo que esa no la conozco —apunta Enzo, que aún lleva la camisa de Mr. Darcy.

¿Cómo puede ser tan *sexy* ver a un hombre del siglo XXI vistiendo ropa de uno del XIX?

—Oh, no —se lamenta de manera burlona Syaoran.

—No sabes lo que has hecho —digo yo.

—¿¡Que no conoces *Carmilla*!? —exclama con indignación Valeria, que se agarra al brazo de Enzo antes de empezar su larga explicación.

Siguiendo las indicaciones de Enzo (ya que, como ha asegurado, tiene un lugar pensado al que ir después del estreno), cogemos el metro en dirección a Fuencarral y, tras un trayecto de algo más de un cuarto de hora, llegamos a un lugar llamado Crepes & Waffles.

Ni siquiera me hace falta maravillarme con la sencilla pero eficiente decoración, básicamente toda de madera, ni con la enorme cocina expuesta ni con los mostradores repletos de cestas con frutas para tener ganas de dar saltitos. Me encantan los gofres. Y las creps. Bueno, me encanta el azúcar en general.

—¿Sueles venir aquí? —le pregunto emocionada a Enzo mientras lo libero de las garras del loro andante aficionado a los vampiros.

Enzo parece algo reticente a darme una respuesta, pero lucha contra sí mismo y me concede el deseo:

—No. La verdad es que es la primera vez —responde—. Lo... —dice avergonzado—. Lo busqué por ti.

Valeria musita un tierno y burlón «¡ohhhh!», pero la ignoro. Estoy demasiado concentrada en el escalofrío que me recorre la espina dorsal.

—¿Cómo?

—Me di cuenta de que Álex te traía cosas dulces a los ensayos y...

Al escuchar eso, siento unas ganas irresistibles de lanzarme sobre él y besarlo. Y, como ya no hay nada que me lo impida, lo hago.

—Gracias —digo, y noto como si la palabra me hubiera salido del mismísimo corazón en vez de provenir de mis cuerdas vocales—. Por verme, por fijarte en mí.

—De nada. Aunque yo tampoco tenía demasiada fuerza de voluntad para no hacerlo —confiesa.

Tras intercambiar un par de sonrisas sinceras, decidimos entrar. El lugar cuenta con una iluminación cálida y, además, está inundado de un olor tan dulce a chocolate que este se enquista en lo más profundo de mis fosas nasales.

Es perfecto.

Tomamos asiento y, a los pocos segundos, nos atiende un chico joven. Enzo y Valeria piden un café con leche de avena, Syaoran una crep de Nutella y yo un batido de chocolate y un gofre llamado *Chocolate fondue*, relleno con fresas, plátano, helado de vainilla, nata y chocolate caliente.

Estoy segura de que será como unos fuegos artificiales de sabores azucarados en mi paladar.

—Bueno, bueno —comienza a maquinar Valeria. Hoy lleva un pintalabios azul oscuro, y el color es tan fascinante y reluciente que casi parece sacado del cielo nocturno—. Sabes que, como mejor amiga que ha estado sufriendo junto a Gala durante todo el verano, tengo que hacer varias preguntas, ¿verdad? —añade mientras levanta las cejas—. Las habría hecho antes, pero la has secuestrado en tu casa.

—Tenía que compensar el tiempo que nos ha hecho perder —comento de forma malévola.

—Entonces, ¿estáis viviendo juntos? —pregunta Syaoran. Viéndolo a él y a Enzo, debemos de ser la envidia de todo el lugar. No, de todo Madrid.

—No —aclara Enzo, que se remanga la camisa blanca con volantes—. Gala pasa unos días en mi casa y luego vuelve a la suya durante dos o tres.

—Para que Jose no se sienta solo, ¿no? —pregunta Valeria. Luego, se gira hacia su novio y le explica—: Jose es el compañero de piso de Gala.

—Ah —responde él.

—¡No! —Me río—. Es para poder traducir sin distracciones.

En ese momento, el camarero viene a nuestra mesa cargado con nuestro pedido, que coloca sobre la mesa.

—Entonces, ¿cuál es el plan? —pregunta Valeria—. Gala me ha dicho que te vas a Londres en un par de días. —Antes de responder, abre mucho los ojos y frunce el ceño—. Como me digas que te vas a llevar a mi mejor amiga al país cuyo plato estrella son las patatas fritas y el pescado rebozado, yo...

—Te gustaba el *fish & chips* —recalco.

—Pero ese no es el tema —responde ella.

Enzo rompe su sobre de azúcar y sonríe. Me encanta verlo junto a Valeria. Me encanta tenerlos a los dos en mi vida. Me encanta esta calidez que siento en el pecho al escucharlos hablar de una forma tan natural.

—No, Gala se quedará aquí —explica.

—Como esto no es una comedia romántica americana, lo de mudarse de país al poco tiempo de conocerse es un poco inviable. Yo tengo mi trabajo en la cafetería, la obra de teatro, mi piso, mi familia, tú… —añado, aunque me duele no poder estar con él—. Vamos a dejar pasar un tiempo y ya veremos cómo se desarrollan las cosas. Si tiene que quedarse mucho tiempo, sí que hemos decidido que me iré con él hasta que todo mejore. Puedo pagar el alquiler con los trabajos de traducción que me vayan dando.

Valeria le da un sorbo a su taza de café.

—Oye, ¿y con Carol? Si te gustaba Gala desde casi el principio, ¿por qué seguiste con ella?

Syaoran sonríe de manera incómoda. Es realmente gracioso cómo intenta acostumbrarse a la espontaneidad de Valeria.

—Ehm —balbucea mientras da vueltas al café con la cucharilla. Por mi parte, yo le doy un sorbo a mi batido—. Supongo que por lo mismo por lo que hice todo lo demás. Porque estaba demasiado agobiado para tomar buenas decisiones —explica—. Carol y yo llevábamos juntos desde el instituto, aunque hacía tiempo que ya nada era como al principio. A pesar de que ella sabía que tenía que volver a Inglaterra y que en realidad yo ya no la quería, me convenció para que siguiéramos juntos. Me soltó un discurso de que no podía vivir sin mí, que le diera más tiempo antes de romper y… —Se encoge de hombros—. Aunque se haya transformado en otra persona en los últimos años, no quería hacerle daño.

—Ugh. Chantaje emocional —responde Valeria, y se agita como si le hubiera dado un escalofrío—. Lo mejor para que la pareja funcione.

—Lo mejor para que la pareja funcione es recitar frases de clásicos de la literatura —apunto mientras parto un trozo del gofre y me lo llevo a la boca.

—O presentarte en casa del otro repetidas veces sin avisar —se burla Enzo. Luego, se ríe con su voz profunda y en tono bajo añade—: Aunque, si te soy sincero, pensaba que la segunda vez era para volver a insultarme —dice divertido mientras se acomoda en la silla.

—Te lo merecías —decimos Valeria y yo al unísono.

—Me lo merecía —asegura, y sonríe discretamentee.

Los cuatro continuamos charlando durante un par de horas más, contando anécdotas de nuestro Erasmus, cosas divertidas que han escuchado Valeria y Syaoran durante la obra y haciendo planes para viajar el siguiente verano.

Quién sabe, quizá hagamos un recorrido por todos los lugares en los que Jane Austen vivió.

Cuando se aproxima la hora de cenar, Valeria y Syaoran se levantan para despedirse, ya que tienen un compromiso con los padres de él. Por primera vez, Valeria va a probar el *hot pot*.

Entonces, una vez que se han ido y Enzo y yo hemos salido de nuevo a la calle, confiesa entre risas:

—Me siento idiota.

—¿Qué? ¿Por qué? —pregunto preocupada.

—Porque hemos estado reproduciendo una y otra vez una historia de amor de hace dos siglos cuando la nuestra estaba justo delante de nosotros, y lo triste es que no me di cuenta hasta que prácticamente había caído el telón.

Agradecimientos

En primer lugar, quiero dar gracias a mi familia por seguir creyendo en mí, por escucharme siempre que les cuento la nueva idea que se me ha venido a la cabeza y reírse conmigo cuando comentamos en lo que podría convertirse. Nada de esto hubiera sido posible sin todo vuestro apoyo.

Gracias también a María Moreno, Gema Jurado y la adorable Kaira por haberse ofrecido a ser mis lectoras beta, ayudándome con todos sus comentarios a mejorar la obra y, sobre todo, por la felicidad que me dieron al transmitirme lo bien que se lo pasaron con Gala y lo mucho que odiaban a Enzo por ser tan Mr. Darcy.

Gracias a Plataforma Neo por creer en mí; a mi editora Maria Salvador y a mi correctora Isabel Mestre por haberme ayudado a pulir la obra en un ambiente profesional, dedicado y maravilloso.

Y, sobre todo, gracias a la profesora de teatro que tuve cuando era niña, Amalia, que, aunque no sé qué le habrá deparado la vida, me gustaría que ella supiera que, en gran parte, cambió la mía al transmitirme ese fascinante amor por el teatro.

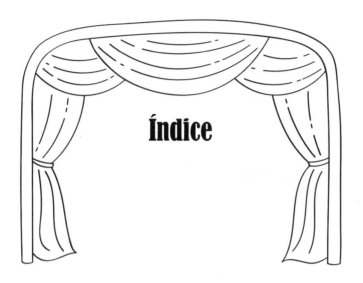

Índice

SEGUNDO ACTO

Tu opinión es importante.

Por favor, haznos llegar tus comentarios a través
de nuestra web y nuestras redes sociales:

www.plataformaneo.com
www.facebook.com/plataformaneo
@plataformaneo

Plataforma Editorial planta un árbol
por cada título publicado.